小説 大石誠之助

面地 豊
Yutaka Omoji

朱《と》鷺《き》書房

小説　大石誠之助

―目　次―

目次

第一章　大石誠之助

（一）大石の一族

大石誠之助は慶応三年（一八六七年）十一月四日（太陽暦十一月二十九日）、父大石正孚《まさかね》（通称増平）、母かよとの間の三男として紀伊国新宮仲之町で生まれた。

大石家は新宮の旧家で、所謂地士《じざむらい》で、大地主で、代々大庄屋を勤めた家柄であった。本家筋は先祖代々の大庄屋として新宮に広大な屋敷を構え、分家筋は医者や学者として身を立てていた。

伝えられるところによると、遠祖、大石五郎左衛門は北山一揆のときに軍功があった。慶長十九年九月、豊臣秀頼が大阪で兵を挙げ、大阪冬の陣をおこしたとき、紀伊国主であった浅野長晟《ながあきら》は徳川方につき、新宮城主、浅野右近大夫も大阪に出陣した。その留守を狙って豊臣家に同情する北山三峯の「土寇」二千人が鮒田川を渡って攻めて来ようとした。これが北山一揆といわれるもので、この時、五郎左衛門はこの攻撃を防ぎ、その功により城主の浅野より賞を与えられた。

五郎左衛門から何代かのちに、知行と貞英（両児）の兄弟があった。弟の貞英は大石一門のうちの最初の医者であった。貞英の子、玄叔は長崎に遊学して外科を学んだ。兄の知行の子、金三（伯貢）は文名があり、『金三遺稿』という著を残している。金三には三子があり、長子の長卿は京都に遊学、榎本宗玄に内科を、蘭医に外科を習得し、新宮で初めて町医者として開業した。次子の貞国（子幹）も学者であり『独語』の著がある。貞国の子に貞融（子豊、幸左衛門）、貞和（叔穣、純蔵）の二子があった。このうち貞和は文化九年（一八一一年）生まれで、通称大石純蔵の名で世に知られ、大石一族中の代表的人物であった。誠之助は純蔵の教えに深く薫陶を受けた。

純蔵は兄の貞融とともに宇井鬱翠に学び、ともに文名があった。とくに純蔵は天保の頃より子弟を集めて教授し、明治六年新宮小学校創立の際にまで至った。生徒は常に三百人、その門を受けるもの前後数千人に及んだ。純蔵は地方の教育普及に大いに貢献し、純蔵の名声は高く、樵夫や芻童も純蔵先生の名を知らないものはなかった。遺著、遺稿等数種があった。純蔵はまた博聞強識で、各種の技芸に通じ、礼式にも明るく、算数に精しく、謡曲に堪能であった。天保十二年肥前の人小松純斎（名は式部、又恵龍と称す）が新宮に来て光行寺に寓し、数学・暦法を講じた時、純蔵は純斎に就いて学び、造詣を一段と深めた。

このように純蔵は、学和漢洋を兼ね、その私塾は「猶龍館《ゆうりゅう》」と呼ばれた。

金三の第三子（長卿、貞国の弟）貞舒、その長子の貞穀《さだかた》（元稲）はともに医者であった。貞舒の第二子は正孚《まさかね》であり、誠之助の父である。正孚は文政四年（一八二一年）六月三日生まれで、字を中益といい、通称は増平といった。

増平も変わった人であった。元来は家業を襲いで医者になるべき人であったが、船町で材木屋をやっていた。勿論家伝の医術は心得ていたので、一時は母方の郷里である尾呂志で漢方医をしたこともあった程であるから、子供たちにも薬草の名前やその所在まで一々指示し教え、所謂庭訓はおろそかにしなかった。しかし増平の変人ぶりはかなりのものであった。増平は、世間のすること、学者の考えることはみな間違っていて、謡も義太夫も、三味線も、狂歌も、文章も、自分のやっていることが一番正しいと思っていた。自分の家の三階の床の上に砂利を敷いて窓をあけて海を眺めながら、浜じゃ、浜じゃと喜んでいた。三月の節句には床をとって山から引いてきた木を植え、その木の間に段をつくって雛人形をならべて自然のままだと喜んでいた。五月の節句には雨が降っても家の中へ入れなくてもよいようにと、竹のまだれの鯉のぼりを作った。増平の変人ぶりの逸話は数多くあった。

誠之助の長兄、余平は安政元年（一八五四年）四月十六日に生まれた。余平は漢学を学び、儒教思想を体得したが、英語を学んだり、新時代の知識の吸収にも熱心であった。朝から晩まで読書をしていた。

余平は明治十年に西村冬と結婚した。冬は安政四年（一八五四年）十一月二日生まれであった。冬の実家である西村家は、熊野川の上流にある北山村に沿った奈良県吉野郡下北山村上桑原にあって、山持ちの富豪であり、冬の母、もんが支配していた。余平と冬との間に伊作（イサク）、真子（アルコ）、七分（ステイブン）の三人の子供が生まれた。どれも聖書から得た名前である。伊作は西村家を継いで西村伊作となり、東京で文化学院を創設した。真子も七分も、ともにアメリカで学んだ。帰国後に七分は画家となる。

余平は明治十三年十一月、姉の睦世を伴って大阪に出て、親族にあたる木ノ本出身である医師の喜田玄卓に睦世の教育のことを託した。喜田はキリスト教信者になっていたので、睦世をキリスト教主義の梅花女学校に入学させた。睦世は明治十六年帰省のとき漢訳馬可《まるこ》伝を持ち帰り、余平に与えた。これが新宮へ聖書が渡来したはじまりであると言われる。睦世はすでに明治十五年、大阪浪花教会で洗礼をうけていた。余平は喜んで漢訳馬可伝を読んだ。余平は漢訳馬可伝を読んでから喜田に伝道師の派遣を頼んだ。明治十六年十一月五日、ヘールによって新宮ではじめての洗礼を受けた。余平の行動は迅速で、熱心であった。明治十八年には新宮町仲之町に新宮教会の教会堂を建て、浪花教会から派遣された教会員の山本周作が初代の牧師となった。余平の発意で英語学校や女学校を併置したこともあった。そして山本周作とともに和歌山県下を歩いて熱心に伝道した。

余平は牧師ではなかったが、自腹で伝道する熱烈なキリスト教信者であった。余平の熱烈さは勿論家族にも及び、その妻の冬も、父である増平も、弟の玉置酉久も余平によってキリスト教信者となった。余平の熱烈さは仏像や仏壇の位牌を家に置いておくことを許さなかった。余平は西村家の仏壇や位牌を取りはらったりするので、いまに西村家の財産を全部キリスト教の神様に捧げてしまうのではないかと懸念された。長子の伊作は西村家の嗣子となっており、余平が後見人であったが、西村家は、余平が伊作の後見人であることを拒否する裁判をおこした。結果、余平は後見人の地位を奪われ、西村家から放逐された。余平は愛知県熱田に出て、亜炭の商売をしながら伝道に尽くした。時に明治二十四年十月二十八日、余平は濃尾の大地震に遭った。そのとき余平は伊作をつれて、土地の美普教会にいた。余平夫妻は、煙突の煉瓦が崩れ、屋根を伝わって落ちたのに当たって死亡し、伊作は重傷を負ったが死をまぬがれた。

次兄の酉久は、玉置源三郎と叔母のフキの養子として玉置家にはいった。玉置源三郎は能城屋の屋号をもち、大地主であり、新宮での財産家であった。貞舒の娘（増平の妹）が嫁しているので玉置家は大石一族とは親族関係にあった。

酉久は、文久元年（一八六一年）七月一日生まれで、誠之助とは六歳の違いである。この酉久も変わっていた。和服の時は左前に着る。また、当時では珍しい洋服を着て百姓仕事をしていた。ロバに乗って腰に笛をさして、時々その笛を吹きながら農園に通った。お寺の薬師堂の古いのを買って別荘のようにした。自分の屋敷に鐘堂を建て、町のことや自分のことで気にいらぬことがあるとその鐘を撞いた。子供には起床の順序にしたがって醒（さめる―サミエル）、起（おきる）、悦（よろこぶ）、徐歩（じょぶ―ヨブ）と、変わった名前をつけた。醒の妻が死んだ時、キリスト教の儀式によらないで、棺を菊でかざり、弔辞や讃美歌のかわりに謡曲を合唱した。酉久にはこのように相当に変わった逸話が数多くあった。

玉置酉久は奇矯の言行はあったが、不思議にも新宮町政で活躍したらしい。酉久は長生きして、昭和二十四年二月十三日、八十五歳で死亡した。

姉の睦世は慶応元年（一八六五年）一月二日の生まれで誠之助とは二歳の違いである。教育熱心の兄、余平に伴われて、大阪に出て喜田玄卓の世話で梅花女学校に入学した。この学校は明治初期のキリスト教会の偉傑であった沢山保羅（一八五二～八七年）は、明治九年アメリカ留学から帰国し、長閥に属しながらも仕官を拒絶し、明治十年浪花教会を創設して牧師となり、翌十一年、成瀬仁蔵らとともに梅花女学校を創立して校長となった。沢山は独立を尊ぶ敬虔なキリスト教徒であった。梅花女学校の経営も自給自足をモットーとした。その経営は困難をきわめた。しかし、大阪で最初の女学校であったということで、府知事や師団長、大阪の裁判所の判事であった児島惟謙ら、著名人の娘も入学した。睦世が入学した明治十二年十一月、学校創立して二年ほどで、キリスト教精神の意気新鮮の雰囲気に満ち、校長沢山の人格が直に感じられた。睦世の才能は花開く機会を得た。ここでは漢文、英語、習字、聖書、音楽、洋裁から化学、西洋歴史、英文法などが教えられた。沢山は、漢訳の無点の聖書、日本書紀、史記列伝なども輪講し、英語はスキントンの第一リーダー、ついでローヤルを教えた。睦世は強い記憶力の持主で「ローヤルを丸暗記して、一ページ宛破って行った。「一度覚えた処は再び見る必要がない」といったと伝えられるほどの記憶力の持主であった。睦世は在学中、明治十五年、浪花教会で沢山牧師によって洗礼を受けた。

大石一族には、学者や医者が出たというだけではなく、だれもが風がわりの人たちばかりであった。誠之助も父である増平の血をたっぷりと受けついでいた。兄の余平、酉久、姉の睦世と共通の血で結ばれていた。

この一族の人たちは、知能の高さにおいてのみならず、その幅の広さにおいても並の人たちとは際立っていた。彼等はその頭抜けた知的能力に導かれて奇矯の行動に出ることもあった。誠之助の場合、彼が結婚するに際して奇矯の行動があったのはその例の一つであった。

（二）　大石誠之助の修学時代

明治五年八月太政官布告二四一号に「学制」が公布された。その前文に次の言葉がある。「人々自ラ其身ヲ立テ其産ヲ治メ其業ヲ昌ニシテ以テ其生ヲ遂ル所以ノモノハ他ナシ、身ヲ修メ智ヲ開キ才芸ニ長ズルハ学ニアラザレバ能ハズ、是レ学校ノ設アル所以ニシテ……」と。そして「学制」の第十二章（条のこと）には「一般人民華士族農工商及婦ノ学ニ就クモノハ之ヲ学区取調ニ届クベシ、若シ子弟六歳以上ニ至リテ学ニ就カシメザルモノアラバ委シク其由ヲ学区取調ニ届ケシムベシ、私塾家塾ニ入リ及ビ已ムヲ得ザル事アリテ師ヲ其家ニ招キ稽古セシムルモ皆就学ト云ウベシ」とある。小学校に入らないで、私塾、家塾で手習するものも義務教育をはたしたと認めるというのである。

封建制度下では、教育は武士か一部の限られた者の特権であった。この太政官布告によって教育を広く庶民に門戸を開放するばかりでなく、その就学を義務づけようとするのである。この時、誠之助は学齢期に達したのである。この学制によって新宮では、明治六年七月、第三大学区第二十二番中学区第二番新宮小学校が設置された。

誠之助は小学校に入る前、通常、大石のような代々学者を出した家では私塾に通って論語など素読を受けており、誠之助の場合、一族である大石純蔵の猶龍館で幼少の頃より漢学を修めていた。純蔵の学問は和漢洋に及び暦数にも明るかった。

誠之助は、猶龍館で純蔵のもとでじっくりと学んでいた。

漢学の授業では、誠之助はまず『論語』を学んだ。

「子の曰《のたま》わく、学びて時にこれを習う、亦た説《よろこ》ばしからずや。朋《とも》あり、遠方より来たる。亦た楽しからずや。人知らずして慍《うら》みず、亦た君子ならずや。」

純蔵先生は最初にこの文章を朗読された。先生は既に高齢であったが、その声には艶《つや》があり、朗読は一つ一つの言葉をはっきりと捉えて、文章は生徒たちの耳に届いた。誠之助は純蔵先生の朗読を聞くのは初めてであったが、心が引き締まり、背筋が伸びたような気がした。先生は朗読が終ると、今度は一区切りずつ先生が朗読し、生徒たちは先生の後に続いて一斉に声を出して読む。自分の声と他の生徒たちの声とが重なり、生徒たちの声は厚みをもって誠之助の耳に響く。誠之助はこの厚みの層にのせられて快い気持ちになった。これを繰り返し、すべての区切りを読み終えて、次には文章全体を通して一斉に読む。生徒たちは、もうこの文章を暗記してしまった。誠之助はこの文章の意味は全くわからなかったが、何かありがたいものを学んだ気分になり、すっきりした心持ちになった。猶龍館での学びは楽しかった。

皆が読めるようになると、先生は文章の内容について話をされた。

「人から教えられたり、本を読んだりして知ったことを、そのままにするのではなく、時を選んでおさらいをする。そのたびに学んだことの理解が深まり向上していく。それは心嬉しいことです。学習が向上することによってまだ見ぬ同志との交流もできるようになる。その同志が遠い所からもたずねてくることもある。そして道について語りあえる。遠いところに住んでいる人と心が通いあえる。これはいかにも楽しいことです。人が分かってくれなくても気にかけない。これは凡人にはできないむずかしいことですが、徳のでき上がった人の姿です。」

誠之助は純蔵先生の話を素直に聞いた。「人から教えられたり、本を読んだりして知ったことを、おさらいをする。そのたびに学んだことの理解が深まり向上していく」というところは自分にも飲み込めたが、「それは心嬉しいことです」とは飲み込めるほどにわかったとはいえないと思った。それ以下の話の内容はよく理解できなかったが、話を聞くのは好きであった。

それは自分がもっと成長すればわかる世界のことだと思った。誠之助は「おさらいを重ね、学んだことの理解を深め、向上していく」ことを心に誓った。このことを純蔵先生から教わっただけでもうれしく思った。学び舎猶龍館は誠之助にとって心が最も落ち着く場所であった。そこは自分が学ぶべきものの宝庫であり、純蔵先生はその宝庫の中から自分が学ぶべきものを選び出して教えてくれる。誠之助は猶龍館に純蔵先生がいるだけでそこに通うことが楽しかった。

「子の曰《のたま》わく、学んで思わざれば則《すなわ》ち罔《くら》し。思うて学ばざれば即ち殆うし。」

純蔵先生は「学ぶこと」と「考えること」の重要性について、『論語』のこの言葉を選んで話をされた。本を読み、先生に聞いたりして外から習得するだけでは充分ではない。学んでも自ら考えなければ「ものごと」ははっきりしない。また考えても学ばなければ独りよがりになって「ものごと」を広く、深く理解できない。純蔵先生は、「まなぶこと」と「かんがえること」の深いつながりの重要性について話され、この二つのことの往復の運動こそ「ものごと」を理解する営みであると話された。誠之助は「学ぶこと」と「考えること」の二つの頭脳の働きを区別することを知り、この二つの頭脳のはたらきの往復運動が「ものごと」を理解するのに重要であることを教えられた。誠之助は、「頭脳のはたらきを二つに区別して理解し、二つの働きを往復運動させることこそ『ものごと』を理解する営みである」という内容について考えてみた。理解は、この二つの往復運動から得られるのであろうか。今、自分の頭脳は純蔵先生から「学んだ」ことについて「考える」働きをしている。誠之助は自分の頭脳の働きについて考えている自分に気づいて、面白いと思った。誠之助はまた「往復運動」という言葉がすっかり気に入ってしまい、自宅と猶龍館との行き来も往復運動である、などと連想をひろげていった。

「子の曰《のたま》わく、由《ゆう》よ、女《なんじ》これを知ることを誨《おし》えんか。これを知るを知ると為し、知らざるを知らずと為せ、是れ知るなり。」

純蔵先生は言われた。『論語』はここで、知ったことは知ったこととし、知らないことは知らないこととする。それが知ることだ。」と。純蔵先生は続けて話された。この当り前に思えることはかなりむずかしい。「知ったことは知ったこと」とするといっても、「知ったこと」と思っていることさえも疑うことができる。「何をどのように知ったか」「どれだけ知ったか」などと自分に問い質してみると、その「問い」にはっきりと答えることができない。「知ったこと」と思っていることは、考えてみると思いの外に難しい、否、ひょっとすると大変に難しい。「知らないことは知らないこととする」というのも同様に難しい。誠之助は目のまわる思いで純蔵先生の話を聞いた。「問い」が次々と湧いてくる話に誠之助は興味をもった。次々と湧いてくる「問い」が、身のまわりの手の届くようなところにあるものについてであること。しかし、常日頃のくらしの中で、何でもないこととして見過ごして、気がつかないことについてであることに、誠之助は興味をもち目が開かれていった。誠之助は身近な事柄について思いをめぐらしてみた。ものごとをよく見ようと、そのものごとを近づけてみる、あるいは近づいてみる。しかし近づけすぎると、あるいは近づきすぎるとかえって見えなくなる。また、遠くのものは見えにくいと思っていると、遠くに見る方がよく見えることがある。遠く離れることによって、近くにあるものに遮られて見えなかったものが見えることがある。誠之助は遠くに見える山のことを思った。「知る」といっても「見る」といっても単純でないことを思った。誠之助は単純でないことに思いをめぐらすことは好きであった。

「林放《りんぽう》、礼の本《もと》を問う。子の曰《のたま》わく、大なるかな問うこと。礼は其の奢《おご》らんよりは寧《むし》ろ倹せよ。喪《も》はその易《おさ》めんよりは寧ろ戚《いた》め。」

純蔵先生は「質素」について話された。「質素」は」「貧しい」ことではない。「質素」は必要で最低限の在り方のことです。それは必要でないものをそぎ落とし、無駄を排除することです。そのためには「必要であるもの」とは何かを知ることが基礎になっている。「在るもの」にとって必要なものとは何か、を問うことは重要です。その「問い」は「在るもの」を大切にする心から生まれます。「在るもの」とは、この世に在るもののことで人間だけが在るものではなく、人間以外の在るものも含まれます。「在るもの」を大切にする心が根本にあります。「質素」は美しい姿をしていると私は思います。礼の重要な事柄である死者を葬うことについて、ぜいたくにととのえるよりは、まずもって死者をいたみ悲しむ誠心が大事である、とこの文章に述べられているのは「死者を葬うこと」にとって必要で最低限のことは「死者をいたみ悲しむ誠の心」であるという意味です。誠之助は「必要でないものをそぎ落とす」という言葉に感動した。自分の心が鋭くなった気持ちがした。

純蔵先生の話はいつも筋が通っていてわかりやすい。「質素」と「心」の関係、「ものを大切にする心」と「質素」と「心」との関係、「ものを大切にする心」と「質素」との結びつき、「質素は美しい」ことなど常日頃、思ってもみないことで誠之助の心はどきりと動いた。特に「質素は美しい」という純蔵先生の言葉は先生の言葉の中でも飛び抜けて誠之助の心を動かした。「質素」と「美しさ」の結びつきは教室で聞いただけでは、まだよく飲み込めなかったが「美しい」という言葉は誠之助の心に深くつきささった。まだ眠ったままであった「美しい」ものに対する誠之助の感覚はこれではっきりと目ざめた。誠之助の目の前にはまた新しい世界がひらけてきた。誠之助は家に帰っても「質素」と「美しさ」との結びつきについて考えつづけた。誠之助は考えつづけ、思いをめぐらすことに飽きることはなかった。

純蔵先生の教えは『論語』についてだけではなかった。純蔵先生の教えは『老子』や『荘子』にも及んでいった。

「三十の輻《ふく》、一轂《こく》を共《とも》にす、其《そ》の無に当《あ》たりて、車の用《よう》あり。埴《しょく》を埏《こ》ねて以《もっ》て器《うつわ》を為《つく》る、其の無に当たりて、器の用あり。戸牖《こゆう》を鑿《うが》ちて以て室《しつ》を為《つく》る。其の無に当たりて、室の用有り。

故に有の以て利を為《な》すは、無の以て用を為《な》せばなり。」

純蔵先生はこの文章をわかりやすい日本語に直して下さった。

「三十本の輻《や》が一つの轂《にしき》を共にする。その空虚なところにこそ、車としての働きがある。埴《ねんど》をこねて器をつくる。その空虚なところにこそ、器としての働きがある。戸や窓をうがって部屋をつくる。その空虚なところにこそ、部屋としての働きがある。

だから、形有るものが便利に使われるのは、空虚なところがその働きをするからだ。」

誠之助は純蔵先生の話を聞きはっとした。中身がなく、空っぽなところにこそ働きがある、と先生は話された。毎日食事に用いる茶碗や湯呑みは先生の話がそっくりあてはまる。誠之助は今まで気づかなかった毎日手にもって用いる茶碗や湯呑みのくぼみの働きのことを思った。茶碗や湯呑みのくぼみにこそ働きがあり、働きの世界がある。自分の小さな手に持てるほどの茶碗や湯呑み、そのくぼみ、くぼみというなんにもない空っぽの小さな広がりに働きがあることの発見、誠之助は新鮮なおどろきの中にいた。なんにもない空っぽの広がりがなければ食べ物を入れることもできない。その空っぽのなんにもない広がりがなければ茶碗でも湯呑みでもない。誠之助は思いめぐらしてしばらく時間をすごした。それは楽しい時間であった。『論語』では人間について、正しいこと、よろこびなど、教訓になることを学んだが、『老子』では人間についてではなく、人間をとりまく広がりや大きさなどに学ぶことが出来た。誠之助は自分の頭脳のはたらきが広がっていくのを感じた。

「之《これ》を視《み》れども見えず、名づけて微《び》と曰う。之を聴《き》けども聞こえず、名づけて希《き》と曰う。之を搏《さす》れども得ず、名づけて夷と曰う。この三者は致詰《ちきつ》す可からず、故に混じて一《いっ》と為《な》す。

一《いっ》は、其《そ》の上《かみ》は皦《きょう》ならず、其の下《しも》は昧《まい》ならず、縄縄《じょうじょう》として名づく可《べ》からず、無物に復帰す。是《こ》れを無状の状、無物の象《しょう》と謂う。是れを惚恍《こつこう》と謂《い》う。之《これ》を迎うれども其の首《こうべ》を見ず、之に随《したが》えどもその後《しりえ》を見ず。

古《いにしえ》の道を執《と》りて、以《もっ》て今の有《ゆう》を御《ぎょ》す。能《よ》く古始《こし》を知る、是《こ》れを道紀《どうき》と謂《い》う。」

純蔵先生はわかりやすい日本語に直して話された。

「目を凝らしても見えないもの、それを微という。耳を澄ましても聞こえないもの、それを希という。撫でさすっても捉えられないもの、それを夷という。この三者は、突きつめることができない。だから混ぜ合わせて一にしておく。

この一は、その上の方が明るいわけではなく、その下の方が暗いわけでもない。はてしもなく広くて活動してやまず、名づけようがなく、万物が万物として名づけられる以前の根元的な道に復帰する。これを状《すがた》のない状、物のない象といい、これを惚恍という。迎えてみても頭は見えず、従ってみても背中は見えない。

いにしえからの道をしっかり持って現今のもろもろの事柄を治める。そのようにして、いにしえの始まりを知ることができる。これを道の法則という。」

純蔵先生はわかりやすい日本語で文の内容を説明された。しかし、文の内容がとてつもなく大きく広い世界のことなので誠之助はその内容を想像することができなかった。誠之助は「学びて時にこれを習う」を実践し、家に帰って学んだことを考えてみた。

「目を凝らしても見えないもの」「耳を澄ましても聞こえないもの」「撫でさすっても捉えられないもの」を想像することはできなかったが、「人間の目で見えないもの」「耳で聞こえないもの」「撫でさすっても捉えられないもの」の在ることは想像できた。人間は「在る」ものをすべて見ることはできないし、すべての音を聞くこともできないし、「在る」ものすべてを撫でさすることはできない、ということは理解できた。誠之助は、人間が目や耳で捉えられないものの「在る」ことに考えや思いを向けられた。誠之助ははっとして目の覚める思いをした。人間が見たり聴いたりすることのできる世界の彼方に「在る」世界がある。誠之助は自分が見たり聞いたりして知っている世界の彼方に「在る」世界について想像力をはたらかせた。その彼方に「在る」ものはたえず活動していて名づけようがない、と純蔵先生は楽しげに話された。名づけようのないもの、万物が万物として名づけられる以前の根源的な道というものがある、と純蔵先生は話された。誠之助は、たえず活動している、万物が万物として名づけられる以前の根源的な道というものについて想像力をはたらかせた。それは誠之助の想像力の及ばないものであったが、誠之助の心をつねに惹きつけて止まなかった。

「虚《きょ》を致《いた》すこと極《きわ》まり、静《せい》を守ること篤《あつ》し。万物並《なら》び作《おこ》り、吾《あ》れ以《もっ》て其《そ》の復《かえ》るを観《み》る。夫《そ》れ物の芸芸《うんうん》たる、各《おの》おの其《そ》の根《こん》に復帰す。

根に帰るを静《せい》と日い、是《こ》れを命《めい》に復《かえ》ると謂《い》う。命に帰《かえ》るを常《じょう》と日い、常を知るを明《めい》と日う。常を知らざらば、妄作《もうさく》して凶《きょう》なり。

常を知らば容《よう》なり、容ならば乃《すなわ》ち公《こう》なり、公ならば乃ち王なり、王ならば乃ち天なり、天ならば乃ち道なり、道ならば乃ち久し。身を没《ぼっ》するまで殆《あや》うからず。」

純蔵先生はわかりやすい日本語に直して下さる。

「心をできるかぎり空虚にし、しっかりと静かな気持ちを守っていく。すると万物は、あまねく生成変化しているが、わたしには、それが道に復帰するさまが見てとれる。そもそも、万物はさかんに生成の活動をしながら、それぞれその根元に復帰する。

根元に復帰することを静といい、それを命つまり万物を活動させている根元の道に帰るという。命に帰ることを恒常的なあり方といい、恒常的なあり方を知ることを明知という。恒常的なあり方を知らなければ、みだりに行動して災禍をひきおこす。

恒常的なあり方を知れば、いっさいを包容する。いっさいを包容すれば、公平である。公平であれば王者である。王者であれば天と同じである。天と同じであれば道と一体である。道と一体であれば永遠である。そうすれば、一生危《あや》ういことはない。」

この文章は前の文章よりも理解が難しかった。「心をできるかぎり空虚にして、しっかりと静かな気持ちを守っていく」と純蔵先生は言われる。誠之助は「心を空虚にする」にはどうすればよいのか全く見当がつかなかった。しっかりと「静かな気持ちを守っていく」ことは理解できたような気がした。そして「静かな気持ちを守っていく」ことが「心を空虚にする」ことにつながるのではないかと思った。誠之助は純蔵先生の話に熱心に耳をかたむけた。

「静かな気持ちを守っていくと、万物はあまねく生成し、、変化し、それらが道に復帰するさまが見てとれる」と文章は教える。誠之助は熊野の自然を想像するだけで気持ちが落ち着く習慣があったので、熊野の自然のことを思った。誠之助の心にうつる熊野の自然は、先ずそこにある樹木の姿であった。誠之助は熊野の山を思い、そこに生えている樹木の姿を想像した。誠之助は樹木の一生を考えてみた。樹木たちがそこあるのは、熊野の山の土の中に根をもち、若木となり、太陽の熱と天からの雨の恵みを受けて成長し、大木となり、寿命を迎えて倒木となり、腐食して土にかえっていく。「万物はあまねく生成し、変化し、道に復帰する」さまのことを誠之助は熊野の山の樹木と結びつけて考えてみた。「道」というものがどんなものであるかよくわからないが、それは万物それぞれの根元のことをいうのではあるまいかと思った。万物があまねく生成変化する運動は、万物それぞれが自己の根元に帰っていく運動のことであると誠之助は考え、熊野の山の樹木の一生を思ってみると、この運動とぴったりと合っているように思えた。

誠之助はいろいろなものをその根元と結びつけて考えることに興味を覚えるようになった。

純蔵先生は『荘子』についても話をされた。

「沢雉《たくち》は十歩に一啄《たく》し、百歩に一飲するも、樊《ばん》中に畜《やしな》わるるを期《もと》めず。神《しん》は旺《さかん》なりと雖も善《たのし》まざればなり。」

純蔵先生はわかりやすい日本語で話をされた。

「野べの野生の雉は、十歩歩んでやっとわずかの餌にありつき、百歩あゆんでやっとわずかの水を飲むのだが、それでも籠の中で養われることを求めはしない。籠の中では、餌はじゅうぶんで気力は盛んになろうが、心楽しくはないから。」

この話はわかりやすく、その内容は誠之助の心にすっかり合致した。この文章は自分のことをはっきりと言い当てているように思った。誠之助はこれまで自分の内面に向けて考えたことはなかったが、この文章は自分の内面をえぐり出していると思った。籠の中に入れられている自分を想像するだけでも身ぶるいするほど嫌な思いであった。誠之助はこれまで束縛されることなく育てられてきたことを有難いと思った。

「古えの真人は、生を説《よろこ》ぶことを知らず、死を悪《にく》むことを知らず。其の出づるに訢《よろこ》ばず、其の入るに距まず。翛《ゆう》然として往き、翛然として来たるのみ。其の始まる所を志《し》らず、其の終わる所を求めず、受けてこれを喜び、忘れてこれを復《かえ》す。是れをこれ心を以て道を揖《あやつ》らず、人を以て天を助けずと謂う。是れをこれ真人と謂う。然《か》くの若《ごと》き者は、其の心は忘れ、其の容《かたち》は寂《しず》かに、其の顙《ひたい》は、厚《あつ》し。凄《せい》然として秋に似《に》、煖《せんぜん》然として春に似て、喜怒は四時に通ず。物に於《おい》て宜《よろ》しきを有《たも》ちて、其の極を知ることなし。」

純蔵先生はわかりやすい日本語で話された。

「むかしの真人《しんじん》は、生を悦ぶということを知らないし、死を憎むということを知らなかった。生まれてきたからといって嬉しがるわけではなく、死んでいくからといって厭がるわけでもない。悠然として来るだけである。どうして生まれてきたのか、その始まりを知らず、死んでどうなるのか、その終わりを知ろうともしない。生命を受けてはそれを楽しみ、万事を忘れてそれをもとに返上する。こういう境地を、『心の分別で自然の道理をゆがめることをせず、人のさかしらで自然の働きを助長することをしないもの』という。こうした境地にある者を真人という。このような人は、その心は万事を忘れ、その姿は静寂そのもので、その額《ひたい》はゆたかに大きい。ひきしまった清清《すがすが》しさは秋のようであり、温かなやさしさは春のようであって、感情の動きは四季の移りゆきのように自然である。外界の事物の動きにつれて適切に応じ、それがいつまでも果てしなくつづいてゆく。」

この文章は、純蔵先生にこれまで教わった文章の中で最も理解できないものであった。自分が大人になれば理解できるかもしれないと思う内容の文章であった。誠之助は、しかし、純蔵先生の話されるのを息をつめて全身でもって聞いた。そして、これはひょっとして純蔵先生は自分自身を重ね合わせて話されているのではないかと思った。これは純蔵先生の今を、そして理想を語っておられるのではないかと思った。「心の分別で自然の道理をゆがめることをせず、人のさかしらで自然の働きを助長することをしないもの」というくだりは純蔵先生の心が乗り移ったかのような力を感じた。誠之助は純蔵先生は今も「真人」であることを求めておられるのであろうかと思い感動した。誠之助はこのくだりを熊野の自然を思いながら聞き、なんとなく理解できたような気がした。「静寂そのもの」「清清しさ」という言葉も熊野の山、那智の瀧と結びつけて想像した。

純蔵先生は『荘子』についての話を次々として下さった。

「死があり生があるのは、運命である。あの夜と朝のきまりがあるのは、自然である。そのように人間の力ではどうすることもできない点のあるのが、すべての万物の真相である。万物を支配する真実なものに従うのは当然である。」

「そもそも自然は、われわれを大地の上にのせるために肉体を与え、われわれを労働させるために生を与え、われわれを安楽にさせるために老年をもたらし、われわれを休息させるために死をもたらすのである。生と死とはこのようにひとつづきのものだから自分の生を善しと認めることは、つまりは自分の死をも善しとしたことになる。生と死との分別にとらわれて死を厭《いと》うのは、正しくない。」

誠之助は、純蔵先生が話してくださる『荘子』の文章の内容にも次第になじんできた。万物の真相、自然、生と死、など人間の力ではどうすることもできない事柄のあることは誠之助の心の中にすっかり居ついた。分別にとらわれた態度は不自由で、とらわれない態度は自由であると理解した。誠之助は、何故か「万物の真相」という言葉が好きであった。そして分別にとらわれない心構えは大切であると思った。そして、この心構えをつねに心がけ、実践していこうと思った。誠之助は寺の僧の説教よりは、『老子』や『荘子』の内容の方を好んだ。

誠之助は小学校へ行くようになると、学ぶ内容は猶龍館におけるそれとはがらりと変わった。学制でも教育科目は定められていたが、学制公布から一ヶ月後の明治五年九月八日の文部省番外達「中学教則略並小学校教則」によって早くも改正された。この改正によると小学校は下等と上等四年ずつで八年、各八級に分けて八級から一級に進む。最初の課目（下等八級）は、綴字《カナツカヒ》、習字《カナナライ》、単語読《コトバノヨミカタ》、洋法算術《サンヨウ》、修身口授《ギョウギノサトシ》、単語暗誦《コトバノソランジ》、七級になると会話《コトバノツカヒ》、読方《ヨミカタ》、が加わり、六級以上では単語書取、養生口授、会話書取、読本輪講、地学読方、文法、理学輪講、書牘、算術（分数、比例）、各科温習というように加わっていく。

誠之助は小学校に入学したが、そこはすこぶる居心地の悪いところであった。小学校には誠之助の学ぶべき科目はなかった。誠之助は小学校に入学する以前に、既に猶龍館でたっぷりと学んでおり、小学校で教えられる科目の内容をはるかに超える知識をもっていた。教室の自分の席についても、誠之助はすることがなく、さりとて行儀の悪い態度で椅子に座ったままでいることもできず、前を向いて先生の教える姿を見ているだけであった。誠之助は、どうにも身の置きどころが悪く、苦痛であった。先生も誠之助にじっと見つめられていると、誠之助の視線に縛られているようで、心が落ち着かなかった。他の児童も誠之助がとびぬけて勉強ができるので、誠之助が自分たちとはっきりと違うことを意識し、誠之助とは距離をおいていた。誠之助は目に見えない垣根の中に居るようで、垣根の外から先生や児童から遠目で見られている心地であった。教室は誠之助にとって親しみのもてるところではなく、そこに長くいることに耐えられず、誠之助は二年半で小学校を中退した。

学制二十八章には「右教科順序ヲ踏マズシテ小学ノ科ヲ授クルモノ之ヲ変則小学校ト云ウ、但シ私宅ニ於テ之ヲ教ルモノハ之ヲ家塾トス」とある。当時の義務教育は制度ができて日も浅く充分に定着していなかった。後代の義務教育と違って、すべての点においてゆったりとしていた。

誠之助は小学校を中退したあと私塾の猶龍館で学んだ。猶龍館は、小学校が設置された時に一時閉鎖されたが、その後は再開され誠之助は純蔵先生に再び学ぶ機会を得て、純蔵のあとをついだ元卿からも学ぶことになった。

誠之助は、和漢洋の学問に造詣の深い純蔵先生の下で存分に学習する中で知的欲求を満たした。誠之助は長じて医術は勿論のこと、文学にも造詣が深く、英、独、仏は元よりラテン語まで自由にこなしたのは、この猶龍館での勉学が基礎になっている。誠之助は数年館この猶龍館でみっちり学び充実した時間を過ごすことができた。博覧強識の純蔵先生から漢学以外にも英語や数学を学ぶことができた。特に数学を学んでいると自分の頭脳のはたらきが自由に広げられていく感覚に導かれ、誰にも妨げられない自由な世界に身をおくことができる思いがあった。数や記号、線や面、立体などによって肉眼では見えない世界が形づくられていく。それは、調和のある美しい、純粋な世界、静かではあるが無限に生成していく世界である。猶龍館時代は誠之助の人生にとって最も充実した時代であった。

当時、新宮にはまだ中学校はなかった。新宮の地をはなれて他の地にある中学へ進学すれば英語をはじめとするヨーロッパも世界への窓口に近づける機会のあることは知っていたが、尊敬する、そしてまだまだ学びとるべきものを多くもっておられる純蔵先生の下で勉学し、いずれの日にかこの新宮の外へ出てみたいと心ひそかに思っていた。

姉の睦世が明治十六年四月、大阪の梅花女学校を卒業したのを機会に、明けて十七歳、誠之助は兄の余平に伴われて大阪に出て、小野俊二という医者の下に書生として住込み、医術の見習いかたがた英語の勉強をした。

この頃は、医者も国家の検定試験にさえ合格すれば開業医になれたので、学資に乏しい者は書生をしながら主人から医術を学んだ。誠之助は生まれてはじめて他人の釜の飯を食い、生活することになった。しかし、気随気儘に育って来た誠之助は世間を気遣う念がうすく、書生として住込み他人の監視の下にあってもあまり気にしなかった。それよりも、前は海に面し、三方山に囲まれた熊野から広い都会へ出た十七歳の若者誠之助は、解放された気分の中にたっぷりとひたった。大阪は、街を行く人々の数の多さは新宮とは比べものにならない。人々は活溌に動いている。新宮では人々はゆったりとして動き、言葉ものんびりしている。なにもかもが活気のある大阪で医術の勉強はもとよりであるが、英語の勉強の方に思いがいっぱいであった。

小野ドクトルはアメリカ帰りの県人であった。睦世は母方の親戚の喜田玄卓医師の厄介になっていたので、喜田医師の紹介で小野ドクトルの書生となった。誠之助は主人の了解を得て、大阪の川口の外国人居留地に住んでいる米人ミセス／ドリナンについて英文学を学んだ。ドリナン先生の英語は流れるような発音で耳に、そして心にとびこんできた。新宮で純蔵先生から教わった英語の発音とは全くちがっていた。同じ単語や文章でも発音がちがうと全く別もののように感じられ、言葉というものは人間の音声をともなってはじめてわかるものらしいことに気づいた。しかし、純蔵先生の漢詩を朗読するような調子の英語の発音は誠之助はきらいではなかった。純蔵先生の英語は英語の内容を味わいながらの先生独特の調子があり風格があった。

誠之助は、ドリナン先生のもとで個人的に英語を学んでいたが、もっと広く、深く英語の勉強をしようと明治十七年九月、小野医師の家を辞して、京都の同志社英学校普通科に入学した。ドリナン先生にはほぼ一年英語を学んだことになる。

同志社英学校普通科は五年制で、明治十八年の科目は、訳読、音読、発音、会話、文法などを主としたが、数学（算術、代数、幾何）、漢学、地理、米国史、万国史、英国史、物理学、動物学、植物学、化学、心理学、経済並政治学、論理学、倫理学、星学、地質学、地文学など教養科目もあった。創立者である新島襄の方針として、同志社はキリスト教の宣伝のためでも、伝道師養成のためでもなく、広く人材を養成するところであった。

誠之助は開講科目の多さとその内容が欧米の学問が中心となっていること、自然科学の比重が大きいこと、などに目を見張った。そこに明治という時代の大きなうねりを受けとめ、立ち向かっていこうとする同志社の息吹を感じた。江戸時代の鎖国日本から外国に門戸を開き発展しようとする明治日本。今、動きつつある明治という時代の流れに身を置いている自分を誠之助は感じた。熊野や新宮においては感じることのなかった時代の躍動を誠之助は自分のものとして感じることができた。

第一学年では、英語を生徒間に競争心を起こさせるような仕方で詰めこむことに集中し、他の教養科目にはあまり時間をとらなかった。誠之助は英語授業の時間の多さと科目の種類の多さにおどろいた。訳読、音読、発音、会話、文法などが開講され、誠之助はどの科目一つでも勉学をおろそかにしなかった。一つの国の言葉を身につけるには学ばねばならないことが多くあることを実感した。誠之助が特に興味深く思ったのは文法であった。文法の授業は猶龍館で学んだのとは比較にならないほど詳細で、言葉は生き生きと文章の中で関連づけられ展開されていた。とりわけ動詞と関係詞のはたらきは魅力的であった。動詞は、日本語においても見られるはたらき以外に、動詞それ自体が分詞や動名詞という語形変化によって他の言葉との関連性に幅をもたせ、文章表現に自在性を与える。誠之助は分詞構文には全く魅力を感じてしまった。関係詞は関係代名詞や関係副詞という形をとって一つの語が接続詞と代名詞、接続詞と副詞の役割をはたす。その接続詞としてのはたらきは一定したものではなく文章の前後の関係によってさまざまな接続の仕方をする。誠之助はそこにも魅力を感じた。これら関係詞によって文章の継続性や展開に味わい深さが加わり文章の構成に美しさが増す。誠之助はこのような言葉を使う人たちのことを思った。その人たちはどんな考え方や感じ方をして、どんな行動をするのであろうか。

第二年次になると英語の原書による米国史、地理、漢学、幾何、英語による代数が加わる。誠之助の心を最も惹きつけたのは英語の原書による「米国史」であった。何しろその国の歴史をその国の言葉で学べる。米国とはどんな国であろうか、米国の人たちはどのようにして国をつくりあげてきたのであろうか。米国史で誠之助の心を強く打ったのは西部開拓の歴史であった。日本では極寒の地、北海道の開拓の厳しさ、困難さ、それを克服する人たちの苦しみは耳にしていた。しかし、西部開拓の歴史の厳しさは北海道のそれを上まわるものであるらしかった。米国史によれば米国の西部の自然条件はすさまじく厳しいものであった。誠之助は、奴隷解放、南北戦争、独立戦争などよりも、人間と自然との闘いの場面である西部開拓の歴史に強く惹かれた。日本の国土の何倍も広いアメリカの国土、しかも日本の北海道よりも厳しい自然条件をもつアメリカの国土に、人間が挑戦し、人々が住める地を開拓していったアメリカ人のことを思った。そしてアメリカの人たちの開拓者精神の強さのことを誠之助は思った。

誠之助が入学した年の四月、新島襄は外遊の途についていて不在であった。生徒たちは時々講堂に集められ新島からの手紙を読んで聞かせられた。誠之助は、たとえ新島ものであっても人の手紙を読んで聞かせられてもそれほどに心を動かされなかった。明治十八年十二月、帰国したとき、全校生徒は京都府下の有志とともに五百名くらいになって京都駅に新島を迎えた。誠之助が二年生のときである。誠之助は新島個人には他の生徒や同志の人たちほど関心はなく、集まった皆のように心の高ぶりを覚えなかった。新しい時代を迎えるために広く人材を養成する目的をもって同志社を創立した新島襄の姿を一目、見るだけで誠之助は充分であった。豊富な開講課目を設けて生徒たちを迎える新島襄の人物に誠之助は貴重なものを学ぶ機会を与えられた感謝の気持ちを無言のうちに伝えるだけで充分であった。

誠之助は、新島が帰国して七ヶ月位で同志社を退学した。同志社に入学したものがそのまま卒業まで在学した者の数は多くはなかった。明治二十一年現在で、伝えられるところによると、創立以来の入学者千百十四人にたいして卒業生八十人、生徒現在数四百二十六人、差引六百八人が中退したことになる。家庭の事情やその他の理由で漸次退学していった。明治十二年に入学した安部磯雄の場合、一年生のとき三十人ぐらいであったが卒業時には十人になっていたという。

安部が同志社在学中の明治十五〜十六年頃、東京遊学のために退学する者が多く、同志社の生徒は動揺していたらしい。帝国大学の前身である東京大学はじめ、東京ではいくつかの専門学校が創立されていった。それまでは東京にたいして西京といわれていた京都ではあったが、京都ではだめだ、ことに政府の役人になるには東京大学でなければならないと、東京遊学熱が巻きおこった。誠之助の同志社在学中も東京遊学熱は依然として強かった。誠之助は政府の役人になる意志はなかったが高等教育機関の創設が増えつつある東京の勢いには関心があった。新しい時代を迎えようと着々と動きつつある東京に自分の求めるべき何かがある気がした。

誠之助は明治十九年七月限りで同志社を退学し、神田淡路町二丁目にあった共立学校へ入学した。この学校はのちに尋常中学校（のちの開成中学校）になっているが、明治十九年当時は第一高等中学校（一高）へ入学する予備校のようなもので、東京英語学校（のちの錦成中学校）と覇を競っていた。大石と同県人である南方熊楠は和歌山中学校を卒業してから明治十六年共立学校へ入学し、翌十七年大学予備門（のちの一高）に入学している。堺利彦（当時中村姓）が福岡県立豊津中学校を卒業して上京し、翌明治二十年の夏に第一高等中学校に入学している。明治十九年文部省令六号「高等中学校の学科及其程度」によると、「高等中学校第一年級ニ入ルコトヲ得ベキモノハ品行端正ニシテ尋常中学校ヲ卒業シタル者若クハ之ニ均シキ学力ヲ有スルモノトス」となっていた。堺も南方も尋常中学校の卒業生であるが、誠之助はそのような卒業証書もっていない。それと同等の学力があればよいことになっていても、すでに形式が重視されるようになっていた官学では尋常中学校の卒業証書のないことは不利であった。誠之助は、学力には自信があり、そのような形式を気にすることはなく専ら英語の勉強に熱を入れ大学予備門入学に備えていた。

誠之助は東京に出て初めて下宿生活を経験した。書生をしながらの勉強や同志社時代の寄宿舎生活とは異なり、自由にはなったが父兄の負担は増大し、血気旺盛の若者が少し邪道に入れば、たちまちやりくり算段に悩まねばならない状況にあった。誠之助はクリスチャンであったが酒も嗜んだ。金のある時は底抜けの遊びをすることもあったが、無ければ無いで平然と過ごした。誠之助は金銭には恬淡であった。人を咎める事は嫌いであったが、己の行動に他人からかれこれ干渉されることは極端にいやがった。

誠之助は下宿で独りになる時間を楽しんだ。他人の家の一部屋に独りいて、誰からも干渉されずに、自分だけの時間がもてるとは、誠之助は得も言われないほどの落ち着いた気持ちになった。新宮の家でも自分の部屋はあったが、襖の戸を開けるとそこは我が家の部屋であり廊下である。自分の部屋は我が家の一部であり、我が家に続いている。そこには我が家族が住んでいて、家族は自分とつながっている。下宿では、自分の借りている部屋の外は他人のものであり、そこは世間である。自分の部屋だけが自分の居場所であり、この居場所には誰も干渉しない。誠之助は自分と自分の空間を感じた。誠之助は本を枕に寝ころび、天井を向いて目をつぶっているだけで心が満たされた。目を開いて天井の桟を見、天井の板の数を数えてみたり、板の節の形や大きさを何気なく眺めるだけでも心が安まった。枕にしていた本の中の一冊を、手を頭の下にまわして取り出し、ぺらぺらと頁をめくり、活字を追う。さあ、勉強しよう、と机に向う。夜が更けてあたりは静かになる。頁をめくり、自分と本だけが生き物のように部屋で呼吸している。月はじめには郷里からの仕送りが届く。懐具合があたたかくなると酒を飲みながら読書し、思索することもある。皆が寝静まった下宿の我が部屋で、存在や人生について思索をめぐらす。

誠之助は猛烈に勉強もしたが、一転して羽を伸ばすこともあった。毎月の家からの仕送りを計画的に月の中にきちっと使うという着実な金子の使い方は誠之助にとって苦手であった。学生としての遊興の度を超え下宿代の支払いに困ることもあった。遊興に身をまかせている時には下宿のお上さんの口やかましい催促のことは頭のすみに追いやっているが、遊興から目が覚めてみるとあの口やかましいお上さんの催促が頭のすみから頭の中心にやってくる。誠之助は困ったなあと思いながらも金子の持ち合わせがないのだからお上さんの催促から逃れるすべはない。一方ではいずれ何とかなるだろうと当てもないことを当てにして暢気に暮らしていた。

お上さんの催促の恐怖とともに日をすごしていてもその恐怖は遠ざかることはなく誠之助はお上さんの云うがままに支払いの日をきっぱりと約束させられてしまった。お上さんの云うことが正しいのであるからこの約束は仕方がない。大石家の人たちは世間を無視する傾向が強いが、ここは熊野・新宮とはちがう。全国から人の集まる東京である。ここでは熊野・新宮そのものが無視される。支払うべき下宿代の約束は誠之助を追いつめていく。自由気ままに育った誠之助ではあったが心が晴れない日々を過ごさねばならなかった。おでんで一杯ひっかけて下宿に帰ってきた。下宿は静かで、隣室の友もまだ帰っていないようである。誠之助は酔いで気がゆるんだか、熊野・新宮にいた時の気分になって眼中から世間が消えてしまった。ままよ、暫くの間、この友の本を拝借しようか。大きな洋書四、五冊を失敬して質屋に走った。手にした金は四円であった。友の帰るや否や、事がばれてしまった。友は言葉も出ないほど怒り心頭、誠之助を蔑む冷たい眼で面詰の言葉を繰り返し投げかけた。友の言葉は誠之助の顔に礫のように当たりつづけた。誠之助はだまって友の顔を見ていた。友の言葉は真実を語っている。自分の行為は許されない恥ずべき行為である。誠之助は弁解もせず、謝りもせず、黙って友の言葉の礫を受けていた。本は質屋にある。本の在り場所が確実であることが誠之助の心をかすかに保たしめていた。誠之助は、自分が面詰されている場面を、どこか現実から離れたところから冷たく見つめている感覚の中にいた。この状態がいつまでつづくのだろう。誠之助は時間の流れに身をまかせた。友はついに面詰の言葉につきたのか行動に出た。友は誠之助を警察につき出した。誠之助はほっとした。重禁錮一ヶ月と二十日、監視六ヶ月に処せられた。

禁錮刑は懲役のように定役はないが自由を拘束される。この自由の拘束は世間を無視するように軽くいなすような訳にはいかない。この時間と空間の拘束は精神の自由によって解放されることはむずかしい。誠之助にとって大きな苦しみであった。しかし、自分の犯した罪に対する罰は受けねばならない。この不自由は、今自分が克服すべき課題であると覚悟を決めた。覚悟を決めると気持ちが軽くなった。この不自由を克服すべきと自覚している自分がそこに在り、そのために何をなすべきであるかを考え、そして決める自由が自分にあることに気づいた。これは面白い発見であると思った。附加刑として主刑の刑期がすぎても、本人の行動を監視して補導するという監視六ヶ月の方が不自由ではないかと思った。当局の監視の必要上、出獄後の六ヶ月間は酒宴遊興の席や群衆の場所にも参加出来ず、その上に旅行したり住所の変更をした場合は届け出ねばならない。

誠之助は一ヶ月と二十日という不自由の時間と空間を読書に費やそうと思った。読むべき本は多くある。この不自由は国家が自分に与えたもので、国の役人は誠之助がこの不自由における規則を守りさえすれば拘束することはない。ここにいれば、世間は自分を妨げることなく、むしろ世間から守られているとも言える。誠之助は静かに読書できる自由をここに得たと思った。誠之助は下宿から何冊かの本を持ちこむ許可を得て、読書三昧の時間をもった。それは不自由の自由と言う奇妙な経験であった。

誠之助は出獄後、兄の余平にともなわれて大阪に舞い戻り、再びドクトル小野俊二氏の下で英語や医学の勉強をしたが、大阪に来ても警察に届け出なかった。規則では、月に二回頒布せられている監視票を所轄警察署に示し、その後、謹慎している旨を告げて、認印を捺して貰うことになっていた。今回のことでは兄の余平に多大な迷惑をかけてしまった。重禁錮の刑に服するにおいて不自由における自由を経験できたのも、兄の余平が滞っていた下宿代を支払い、失敬した友の洋書を質屋から受け出して返却し、ねんごろに謝罪してくれたからである。

この時、東京から一旦、郷里に住居届を出していて―自分では事務的なことはせず、兄の余平がその手続をしていて―明治二十一年九月十九日、田辺裁判所から監視違反として、一ヶ月の服役を仰せつかった。実際は渡米のために服役せずに済んでいるが、帳面ではこれで前科二犯になっている。監視違反に問われた明治二十一年九月から渡米の二十三年四月までかなりの間があって、一ヶ月服役するのに充分間に合ったが、誠之助は服役しなかった。海外渡航を理由に服役を延ばすよういろいろと知慧をはたらかせたり、兄の余平の力を借りたりした。

三百年も続く旧家大石一門としては誠之助の存在はありがたくなかった。たとえ軽犯罪にしろ、一犯、二犯と重ねられると世間にも憚られ、思いきって誠之助の希望を入れて海外遊学に決した。

（三）　大石の留学

誠之助は、兄の余平から五十円の金を貰って渡米することになった。当時の五十円は大金である。この金子は大切に使わなければならない。これまで兄の余平にはさんざん世話になったばかりではない。前科二犯になるなど家名に傷をつける迷惑もかけた。兄には計り知れない恩義がある。兄にはもうこれ以上迷惑はかけられないし、金銭的にも世話になってはならないと心に決めた。この金子は兄から貰う最後のものにしよう。米国に渡れば苦学をし、出来るだけこの金子には手をつけないようにしよう。

誠之助は思い切って無銭渡航を企て、船長に頼みこんで俄か船員にして貰った。明治二十三年四月のことであった。乗船する船は日本の船と比べてはるかに大型であるが太平洋という地図でしか知らない大海原を芥子粒より更に小さい粒が浮いている姿を想像した。熊野の海しか知らない誠之助は太平洋の海を見てみたい気持ちと、様々な波を一気に持ち上げる大海原のうねりの大きさを不安に思う気持ちが、誠之助の覚悟を強くした。日本を離れ米国で新たな一歩を踏み出そう。兄の余平に対する感謝の気持ちが鮮明に沸きおこってきた。

船は太平洋の上を遠い米国に向けて進んでいく。海は限りなく広がっており、視界をさえぎるものは一切ない。船は彼方に向って進んでいく。船が進んだ分だけ日本から遠ざかり、誠之助は前科二犯の拘束から解放されていく感覚の中にあった。自分を乗せた巨大な船は強風や荒波をものともせず前進する。船は、しかし、大きなうねりにはそれに身をまかせるかのように上下に大きく浮き沈みする。船は意志あるもののように風や波に対処し、うねりにはさからうことなく前進する。船は上に持ちあげられ、頂点にまで上ったところで止まり、一呼吸おいてすっと息がぬけるように落下していく。誠之助は身体が空中にもちあげられるという感覚をはじめて経験した。自分はなんと軽いのだろう。船の上では自分の重さなど存在しないかのように、またうねりの上では巨大な船といえどもその重さは小さな小さなものであることを思った。考えようによっては顕微鏡で見る細菌の重さの方が存在感があるのかもしれないと思った。そして、人間は世界の中では何と小さいのだろうと想像した。世界や宇宙のことは猶龍館で『老子』や『荘子』について学んだ時、純蔵先生の話に出ていたことを思った。誠之助は船がうねりに上下に揺れるのに船酔いをはじめて経験した。しかし、誠之助は船酔いぐらいで休んでいる訳にはいかない。何しろこの船の船員である。しかも船員の経験もなく、したがって船員の仕事内容や要領も判らない未熟な伐船員、最下級の船員が自分の都合で休むことは許されない。他の船員の指示や指図に従って言われるままに労働しなければならない。誠之助は最下級の伐船員として誰にもひけをとらないほど労働した。他にあまり考えることなしに、労働することだけに没頭できることは、単純なくらしであることに気がついた。これはかえって気が楽であった。船上生活に慣れ船酔いしなくなり、誠之助は肉体労働をするのにほとんど苦痛を感じなかった。むしろ、頭脳をあまり使わずに肉体を使うことに快感を覚えた。誠之助は米俵を軽々とかつぐぐらいの体力をもっていた。船員の労働では外人にひけはとらなかった。誠之助は、生まれてこの方、重労働といえそうな労働をしたことはなかったので船員の労働は肉体を使う初めての経験で新鮮であった。

誠之助は、肉体労働によって汗を出し、流した。肉体の各器関をはたらかせ、エネルギーの燃焼によって体内からしぼり出されるようにして汗は体外に出てくる。この汗は体内の老廃物を体外に出してくれるように誠之助は感覚した。この感覚は爽やかであった。労働をすれば身体が汚れる。汚れを洗い流し身体を清潔にする。その時の爽やかさも労働によって得た快感であった。他の船員と力を合わせて労働する協力のよろこび、共に何かを達成した時の満足感もこれまで誠之助が経験しなかったことであった。他の船員たちと力を合わせ心を一つにする、そこに人間のぬくもりを感じる。

労働をして仕事の要領やコツを覚え身につけたことは誠之助のひそかなよろこびであった。重い荷物を運んだり、移動させたり、ロープの縛り方等々、誠之助にとってすべて初めての経験であった。重い荷物の取り扱いはただ強い力だけでは出来るものではなく、そこに要領やコツが必要であることを知っただけでもうれしかった。ロープの縛り方にはいろいろあることも他の船員から教えられ、用途用途によって縛り方が異なることを知ったのも貴重な新知識となった。

狭く限られた船内での寝起きの生活は窮屈ではあったが自由であった。前科二犯の方が不自由であった。窮屈は必ずしも束縛ではなく不自由でもないことを知った。これは望外の発見であった。

船酔いをしなくなり、船での労働にも慣れ、外国人の船員とも親しくなったところで二十日ばかりの航海は終わった。誠之助は船長のところに御挨拶に行った。素人の自分を船員として雇ってくれた船長の好意を謝し、親しくなった船員の皆に別れの挨拶をした。船長をはじめ船員の皆はあたたかい眼差しを誠之助に向け、手を振って応えてくれた。誠之助は生まれてはじめて人間のぬくもりを感じた。新宮では旧家大石家の人たちと町の人たちとの間には目に見えない隔たりがあり、親し気な会話にもうちとけた心の交流はなかった。乗船するまでは生まれた国も言葉も全く異なる見知らぬ外国人たちと親しくなれたことは全く新鮮な経験であった。この経験は誠之助の心をやわらかくした。人と隔てなく会話し挨拶をする。この経験は大石家の中に居つづけていたのでは得られないものであった。

米国の土地に足を踏み入れた誠之助は、まずは多くの移民がするように農家に雇われて働いた。そこは海を隔てた日本から遠くはなれた米国の土地、誠之助はそこが異国であることを実感した。日本の法律の届かない、日本社会における人間関係から解放された土地である。広い米国、厳しい西部開拓によって建設された国、誠之助はそこを新たな人生をはじめる旅立ちの場所とした。誠之助は陰日向なくはたらいた。肉体労働は二十日ばかりではあったが航海における船員の経験において慣れていた。農家での労働は船上における労働と比べると楽であった。何よりも労働する場所は足場がしっかりしている。誠之助の働きぶりは手ぎわがよく、迅速で、無駄がなかった。農家の主人は誠之助に好感をもち、時間を見つけては誠之助に話しかけてきた。主人は誠之助の知性あることをすぐに見抜き、好意を寄せてきた。

ある日、誠之助は主人に招かれてコーヒーを馳走になった。

「あなたは米国にただ働きに来たのではないと思う。何か目的があって米国に来たのではありませんか。」「その通りです。私はこの国で医学の勉強をするために来ました。それに英語の勉強を更に深めたいと思っています。家族に経済的負担をかけないために出来るだけ自立して勉強しようと思っています。あなたのところで働くことができて大変うれしく思っています。あなたは労働者の私に大変親切にしてくれるからです。あなたは過酷な労働を私に強いることはしないからです。」「私は、あなたが高い志をもって米国に来たことを尊敬します。あなたは米国についてどんな知識をもっていますか。」「私は日本で英語の原書『米国史』を読み感動しました。特に感動したのは西部開拓の歴史の部分でした。アメリカの人たちは、温暖な日本と比べものにならないほどに厳しい自然条件と闘いながら開拓をすすめ、今日の米国の基礎を築いたことは最も感動的な場面でした。人間が自然と闘いながら諸々の困難を克服し、自然から恵みを受ける姿は崇高でした。」主人は誠之助のこの話にいたくよろこんだ。米国から遠く離れた小さな国、日本から来たこの一人の青年が我が米国のことをこれほど知っているとはおどろきであり、よろこびであった。主人は心を弾ませて話を続けた。「あなたは、私たち米国人がフロンティア・スピリットと云っている米国人の精神的支柱のことを話されました。あなたは、米国に来る以前に既に米国人の精神的支柱について知っています。私はあなたを尊敬します。そしてあなたは米国人としての私の誇りをはっきりと言葉にして敬意を表してくれました。私はあなたに感謝します。私はあなたの話を聞いてこんなにうれしいことはありません。ありがとう。」「私の拙い話があなたをよろこばすことができて私の方こそうれしく思います。」「今日のコーヒーは特別においしく、実りあるコーヒータイムでした。ありがとう。」

誠之助は、雇う者と雇われる者との関係を超えて、隔たりのない人間同志の心の交流ある歓談の時間をもてたことを幸運と思った。

誠之助はもともと英語の力があったので早速その年の七月、米国に来てから僅か二ヶ月後、ワシントン州のアンセンポーロの中学校に入学し、別に独、仏、ラテン語を選んで学修することにした。英語の原書を読んでいても、文章中に時々独語、仏語のセンテンスが出てくる。ラテン語は勿論である。特に格言などではラテン語はよく出てくる。英語を更に勉強しようとすれば英語以外のこれら西欧の言葉を勉強しなければならないと思っていた。ラテン語は英、独、仏語の古典語であり、誠之助は特に強い関心をもっていた。

二十四歳の誠之助は、十二、三歳の子供と一緒に机を並べて勉強した。米国人は大柄なので身体の大きさは誠之助と子供たちとでは日本における程どには相違はない。男女合併の教室で一緒に学んでいる日本人を見ても父兄は別に怪しみもしなかった。しかし、便所で小便をする時に、局部を見て、この小さな日本人は大人であったのか、娘をもつ父母としては注意せねばならぬと、それからはこの日本人留学生との共学を危惧した。誠之助はこのことを聞いて笑ってしまった。我が局部も米国の父母に心配の種をまいたものである。米国の父母に心配の種をまいた我が局部、どうすればよいものやら、責任は我が方にあるともいえず、なんとも言い切れない。しかし事が事だけにこの心配の種を取り除くこともできない。この心配の種を取り除くには一日も早くこの学校を去ることしかない。誠之助はこの学校を去る段取りをしながら、居心地の悪いこの学校では言葉の習熟に力を注いだ。

九月、アンセンポーロの医師、ドクトル・ロー氏の宅でコックをやりながら、通学かたがた同氏から医術を学んだ。主人ロー氏は誠之助の人物の卑しからぬことと才能あることを見抜き、親切な指導をしてくれた。

当時のアメリカは形式張らず、実力あるものはずんずん進学出来るので誠之助にとって努力のしがいがあった。誠之助は明治二十四年九月、渡米から僅か一年余にしてオレゴン州立大学医学部の第二学年編入試験に合格した。この合格は誠之助の努力と能力の結果ではあるがロー氏の尽力のおかげでもあった。入学試験の語学は二ヶ国語に合格しなければならなかった。ロー氏は相当顔のきくドクターらしく、誠之助が英語と日本語に堪能であると強引に交渉したらしい。大学側は、誠之助が独語、仏語、ラテン語にも通じており、英語ほどではないにしても相当の域に達していたのでロー氏の意見を受け入れた。ロー氏は、自分の下で医術の指導をうけている誠之助の才能におどろき、熱心に勉強している姿を見て、この異国の青年に好意を抱き、大きく心を動かされた。誠之助もそれとなくロー氏の心情を感じ、異国に独りいて、しみじみと、得もいわれない人のぬくもりに身を委ねた。そして幸せという言葉を思った。主人ロー氏は誠之助の合格を非常によろこんでくれた。ロー氏は、誠之助の保証人になることをみずから買って出るほどの肩入れを誠之助に示した。誠之助はロー氏の親切に改めて礼を申し述べた。誠之助はいよいよ医師になるための本格的勉強ができるよろこびをかみしめた。

誠之助は大学へ入った翌年、ワラワラ市のある宣教師の宅に住み込み、雑用をこなし、コックもやり、日曜日でも教会のパイプオルガンの手伝いとして、地下室でフイゴを用いてパイプオルガンに風送りなどして働いた。

宣教師宅は目には見えない薄い膜でおおわれ世間から隔離された雰囲気があり、静かであった。誠之助は異国に来てやっと自分だけの空間の中に身を置くことが出来た思いであった。誠之助は落ち着いた気持ちになり勉学に没頭した。コックをして、更に雑用をこなすことは大した労働ではなく、猛烈な勉学という精神活動を調整する肉体労働であった。日曜日のパイプオルガンの手伝いは安息の時間を与えてくれた。教会の地下室で大きなフイゴを見ていると心が静まった。そこには自分とフイゴがあり、自分とフイゴだけの時間が静かにあった。地下室のやや湿気を帯びた、フイゴ以外に何もない空間はすべての音を沈静させていい雰囲気にあった。時間が来てフイゴで風を送るとパイプオルガンの音が聞こえてくる。その音は穏やかで、かどがなく、やわらかく人間をつつみこみ、おおらかでやさしい。誠之助の心は安らかになる。パイプオルガンの奏でる音楽にあわせて教会に集う信者たちの歌う賛美歌が和し、地下にいる誠之助の耳に届く。自分が送った空気が賛美歌の歌声とともに地下にかえってくる。信者たちの信心の声がこの空気を通って伝わってくる。地下室は清浄な空気で満たされ誠之助はその空気の中に独り居て無心に空気を送る。心安まる一時である。

宣教師宅で猛烈に勉強しはじめてまだ日も浅い頃、兄の余平の訃報が入った。

余平夫婦は、明治二十四年十月二十八日、濃尾の大震災の時に、教会の煉瓦の雨に打たれて死んだ。

日本基督教会では、大会、中会、小会と名づけられる会合が時々催され、二十八日は、その中会の催される日であった。

中会というのは、幾つかの教会が連合で催す会合で、小さな教会ではこれを行うのに不適当であったので、日本基督教会の経営する名古屋市栄町七丁目の英和女学校で催されることになった。

この中会に当って、共励会という名古屋地方の信者の団体が中会の世話をすることになった。会合は二、三日続き、司会者もその日によって異なるのが常であった。余平は一信者にすぎなかったが、平生の熱心さが買われて、二十八日の美普教会中心の司会者になった。この時、余平夫婦は名古屋に移転していたが、夫婦は朝早く自宅を出て、長男の伊作だけを連れてほの暗い道を会場へと急いだ。学校に着いた時はまだ夜が明けきっていなかった。三人はよく整頓された会場に入り、まず早朝六時の祈禱会に臨んだ。祈禱も無事に済み、余平は厳粛な面持で司会者の位置についた。司会者の席は講堂の北側の窓際にあった。講堂は木造であったが、ストーブは裏口の戸口の窓際に設けられ、その煙突は煉瓦で築き上げられていた。式は順序よく捗った。余平は徐に立ち上がり、「皆さん！」と挨拶の声をかけ、それから一言、二言云った途端、物凄い地の底からの響を伴って、ガラガラ、ゴロゴロと講堂の床が一尺も二尺も上に跳ね上げられた。そして左右の水平の揺れが、殆ど間髪を入れずに起った。「わっぁ」という何とも形容のしようもないわめき声が会衆の中に起ると、我先に外に出ようと競り合った。正面の柱時計はガチャンと凄い音で床に叩きつけられた。

余平は司会者である。慌ててはならないが、しかし急がねばならないと思い、会衆を避難させようと気を使い、自分は妻と子供を連れて裏口から逃れようとした。戸口にさしかかるとすぐ側の煉瓦の煙突が崩れて、余平の頭へ雨と降りかかった。側に控えていた妻の冬は伊作をかばいながら夫の方に顔を向けた瞬間、煉瓦の雨に叩きのめされた。七歳の伊作は母のおかげで命だけは助かった。伊作は顔にふりかかる生温い血の雨を浴びながら母を呼んでみたが母は動こうともしなかった。伊作は幼いながらも本能的に大衆の逃げるがままにあとについて外に出た。伊作は外には出たがすぐに人事不省になってしまった。気がついてみるとそこに父と母が寝ている。そして既に白い布が顔にかけられている。余平三十八歳の生涯であった。

誠之助は、この模様を約一ヶ月もたった十一月の下旬、知人からの手紙で知った。大きな衝撃が体内を貫いた。誠之助は心の動揺を抑えきれず窓を開けて外を見た。高い星空を見た。冴えた冬空の彼方を見やり、更に彼方の闇のむこうにある日本を思った。そして、兄の余平が天国へ旅立ちつつある姿を想像した。誠之助は、自分の足元から天国へ旅立ちつつある余平の足元に達する大きな弧を心に描いた。この弧の向うの端に余平の旅姿が見える。余平は立ちどまってこちらを見ている。自分が米国に渡る時に五十円をもたせてくれた兄の余平の姿がそこにある。余平に対する懐かしさがしみじみと湧いてくる。誠之助は限りない寂しさの淵に沈んでいった。誠之助は、寂しさ、悲しさにじっと耐えた。人間にはこんなにも耐え難いほどの寂しさ、悲しさがあるものなのだろうか、誠之助は問わざるをえなかった。かなり時間がたって兄である余平のことを考える余裕ができた。

兄の余平は父親がわりに自分の面倒を見てくれた。自分はさんざん兄に迷惑をかけた。兄は自分が迷惑をかけてもかけなくても全く変わりない態度で常に親切であった。今思えば自分は随分と兄に甘えてきたものだ。考えてみれば、この兄には心の隔たりを感じたことはなかった。兄は世間の「ものさし」では測れない、狂信的とも思える徹底した行動を実践した人であった。しかし、兄の行動には「邪な心」につきうごかされて実践したものがなかった。明治二十二年の大洪水の時、兄のとった行動は立派であった。

明治二十二年八月十九日の大洪水は未曾有のもので、山奥では一日千ミリ以上の降雨であった。家や畑を流された村人が北海道石狩に移住して、新十津川村を開いているのをみてもその大変さがわかるものであった。当時新宮の街中は湖のようになり、人々は逃げ道を失って、屋根の上や二階から助けを求める者ばかりであった。兄は直ちに舟で助けることを思いつき、一目散に山道を一里余駆けつけ、機から悪天候で沖に出ない三輪崎の漁師を説き伏せ、大八車九台に九艘の漁船を乗せて、エッサヤッサと高森の峠を越して、南谷に船を下して、不安と戦っている市民を屋根から、二階から救い上げ、多数の人々を安全地帯に運んだ。またこんなこともあった。教会を建てて寄贈したり、あるいは聖書を背負って売り歩くなどして、牧師や神父にも劣らぬ働きをした。こんなことは数えあげればきりがないほど、邪な心のない兄の行動はあった。

誠之助は兄の三十八年間の生涯を思った。兄は自分のもてる才能や能力を誰に妨げられることなく存分に発揮しつつ生涯を終えた。年齢からみて将来発揮すべき才能や能力を残しながら生涯を終えたとはいえ、兄は自分の生涯を後悔しなかったであろうと思った。兄は存分に生きたのではないかと思った。誠之助は自分について考えてみた。自分はまだ生涯を語れるほど生きてはいない。兄に迷惑をかけ世話になるばかりであった。自分はこれからである。自分は今将来を目指して修行中である。誠之助は改めて今の自分を見つめ直した。今や自分は兄の遺児三人のことを考えねばならない。三人の遺児は自分の責任において育てねばならないと思った。

その翌日、事情を聞き取った家の主人は、誠之助に数日の休暇をくれたが、誠之助はその好意ある申し出を有りがたく受けとめ礼を言い、しかし自分には休暇は必要ないと申し出、仕事をつづけた。誠之助は今まで以上に医学の勉強に励んだ。

明治二十六年五月、誠之助はまだ在学中であったが、オレゴン州庁から州内での医術特許証を受け、二十八年三月まで同州庁所在地のポートランド市で開業した。それは余程の秀才でなければできないことであった。これで経済生活は安定し、経済的に心配することなく大学に通い、一層医学の勉強に身を入れることができた。誠之助は開業医としての医療実践と大学での理論指導を受け勉強できることを望外の喜びとした。特に、開業医としての医療実践においては誰からも拘束されることなく、自由に判断し実践できる。誠之助はこれ以上の喜びはないと思った。

誠之助は、明治二十八年三月卒業したが、すぐには帰国せず、四月、はるか遠方にある英領カナダ、モントリオール大学で高等医術講習会のあるのを幸に、七月まで四ヶ月間、外科学を専修し、外科学士の称号を受けた。講習後、直ちに、日本人の多く集まっている英領コロンビア州のステヴストン―日高郡三尾村の人たちの移民した鮭漁の中心港―で開業した。郷里の誰かに呼びかけられてここに開業したらしい。しかし、郷里では誠之助が大学を出るのを一日千秋の思いで待っていた。誠之助が開業しているのを聞くや、矢のような帰国の催促に、誠之助は開業して間もないステヴストンを後にし、ヴァンクーバーの港を出帆した。

(四) ドクトル

船は岸壁を離れ、船と陸との距離が大きくなり、陸地が遠景となっていく。再びこの地に足を踏み入れることはあるまい。日本を出国する時はこの遠景は再びこの地に足を踏み入れる強い意志をもって眺めた。過去と決別し、外国で欧米の進んだ医学を勉強し、生まれ変わった人間となって再びこの地に帰ってくるという意思があった。帰国の時は米国に居た六年間の生活を振り返らせる。二十日ばかりの帰国の船旅は、この六年間の生活を回顧するのに程よい時間であった。

誠之助は海の彼方を眺めながらこの六年間を振り返った。思えば、この留学は予想以上に豊かな成果あるものであった。欧米の先進医学を学び、高度な医療技術も修得することができた。これは、しかし、日本を出る時に志した目的である。この留学で自分が得たものはこの目的を実現できたこと以上のものである。それは人間に目覚めたことである。三百年も続いた旧家大石家の内に留まっていては得られなかったであろう「人間に目覚める」という経験は望外のものであった。この経験は、留学先の米国という国の土の上に両足で立った時から得られたものではない。この経験の舞台は米国に渡る航海の船上であった。自分の留学経験はこの船上から始まったと言える。この二十日ばかりの俄《にわか》船員の経験は米国留学の基礎であった。大きなうねりに揺れる船上での足元の不確かな足場での労働、外国人の強烈な体臭と汗のにおいのまじった鼻をつく臭気の充満する船内での労働、他の船員たちと身を寄せ合いながらの、決して清潔とはいえない船内での寝起きなどの経験は、気随気儘に育った自分が決して選びとらなかったものであろう。これは大石家という家を一歩外に出ることにおいてのみ得られた経験であった。それは船上という限られた場においてのみ、船の外に逃れることのできない場においてのみ可能であった経験である。船の外に逃れることが出来たなら自分は逃げ出していたかもしれない。自分は船員の労働を通して多くのことを学んだ。船こそ最初の学校であった。船上での労働は船員たちの一致協力の下になされる。この一致協力がなければ危険におそわれる。自分は人間が一致協力することのあたたかみを知った。人間の力と力とが通じ合い、それを通して心と心が通じ合う。心と心の通じ合いは人間のあたたかみを生み出す。このあたたかみは撓《しな》やかで強靭である。自分は貴重なものを知るきっかけを船上で得た。自分はまた労働で汗を流した後の爽やかさも体験した。一艘の船という限られた空間での共同生活と共同労働は自分に人間理解の目を開かせてくれた。

米国では親切な人たちに出会えたことは幸運であった。住込みで働いた農家の主人はティー・タイムの席に招待してくれた。米国の歴史、特に西部開拓の歴史という両者共通の関心がある話題について会話がはずみ楽しい一時を持つことができた。このことで雇う人と雇われる人との関係を超えて人間関係をもつことができ、人と人との心のぬくもりを通じ合えた。医師ロー氏は医療の指導ばかりでなく、自分が医科大学に編入学した時には、保証人まで引きうけてくれた。それはなかなかできない親切な行為であった。宣教師の宅では安らかな暮らしの場が与えられた。自分はこれらの人たちから、人間のぬくもりを直々に感じることができた。新宮にいては、旧家大石家の人に対して町の人たちは、ある隔たりをもって接していたことを今改めて知った。自分は町の人たちから直々のぬくもりを感じたことがなかったのかもしれないと思った。米国で隔てのない、直々の人間のぬくもりを感じることができたのは幸運であった。

ヴァンクーバーを出帆する前に、母かよの死亡を知らされた。心配をかけ通した母に、今の自分を見て貰いたかった。六年前、日本を出る時から病気がちであった父は神経痛で寝たきりと聞いている。自分の身につけた医療技術で治療しよう。能城屋の兄の西久はどうしているだろう。猶龍館の従兄の元卿はどうしているだろう。故郷、熊野新宮はやはり懐かしい。速玉神社の屋根の曲線が美しく思い出される。大鳥居の朱色はやはり日本のものである。

船は十一月上旬、横浜に着いた。何日に着くかを誰にも知らせていなかったので自分を迎える人は誰もいない。誠之助は一人日本の土を踏みしめて感慨にふける一時をもつことができた。誠之助は、出国から帰国までの約六年間の経験をもってこの日本の土に挨拶したかった。只今帰ってきました。一息ついて群衆の中を通り税関を出た。汽車に乗って、まず東京へ出た。帰国後、直ぐ開業できるように内務省へ出頭の手続きもあるので、医療器具を調えかたがた上京した。六年ぶりの東京、共立学校時代の自分とはまったく別人の自分がそこに居ることを自覚した。自分を制御できなかった未熟な青年、今は亡き兄に甘えていたかつての自分はもうそこにはいない。そこそこの医療技術を身につけた自分がそこに居る。

大阪までは東海道線を汽車で、大阪からは川口で紀州航路の日本共立会社の三百屯足らずの木造船に乗る。静かな大阪湾内を出て紀伊水道にかかると海はやや荒くなり、日ノ岬を回り、御坊、田辺にかかると太平洋の荒海である。誠之助は陸の見える沖合の海の上を走る木造船の震動を身に感じながら、陸の向うに見える日本の山々を眺めた。米国では見ることのできなかった緑の樹木に覆われたなだらかな山の連なりを目で追った。懐かしい。自分の呼吸と山々の呼吸とが一つになる。はるか潮の岬の灯台を見る頃は枯木灘にかかり、薄暮に見る熊野の山々、一入《ひとしお》懐かしさが湧いてくる。そこはもう我がふるさとである。ここで祖父の貞舒がはじめて種痘を植えつけて多くの人々の人命を救った。自分は、この地に西洋医学をもって医療を行おうとしている。誠之助は感慨をもって故郷の山々を見て、そこに押し寄せる波を見て、海を見ている。

船は三輪崎に着いた。浜は出迎えの人で黒くなっている。誠之助は地元の人たちのこんなにも多くが自分を迎え入れてくれる姿に胸があつくなった。自分は地元の人たちにこれまで何の貢献もしていない。むしろ、前科二犯という不名誉なことをしでかしている。自分の医療がそれだけ待ち望まれているのであろうか。米国で修得した医療技術をこの新宮で役立てねばならない。

三輪崎は明治二十年頃から、新宮の外港として栄え、誠之助の帰った明治二十八年頃は、日本共立と串本の神田汽船とが競って、熱田、大阪間を運航していた。船は海岸と百メートルほどのところで碇をおろした。陸からは、人の四、五十人も乗れる大きな艀舟《はしけ》が漕ぎだされる。出迎える大石一族、酉久夫妻、元卿夫妻、姉のお桑、それに大石一族とは遠縁にあたる宿屋伊勢屋のおかみや女中など、懐かしい人達が浜に焚火を囲みながらタラップから艀船に乗った誠之助に「あれだ！あれだ！」「あれが誠ハマよ！」と焚火を離れて一同は波打際にならんで、多くの眼は一隻の艀船に立つ一人の青年に集中した。誠之助は艀船の中に立ったまま、じっとこれらの人々の列を見つめた。「誠ハマ」とは何と懐かしい熊野のことばであろう。愈々《いよいよ》故郷熊野に帰ってきた。海は凪いでいて何の苦もなく艀船はすべるように岸に着いた。直ぐに陸から大きな板が橋がわりに渡され、お客は一人一人渡る。長いマントを着た誠之助も下りてきた。誠之助は愈々熊野の土を踏んだ。すぐに「や！誠之助！」「あゝ、立派になりましたノシ」……人々の声が誠之助に集まり、つつみこむ。「皆さんありがとう」誠之助の声はかき消されてしまう。

一行はぞろぞろと陽気な話声を交えながら伊勢屋に着いた。明かりがつき、皆は座敷の正面に座った誠之助の姿を見た。六年前の青年誠之助とは違った、落ち着いた雰囲気の生気ある医師誠之助の姿がそこにあった。「誠ハマよ」となれなれしく声をかけるのが憚れる雰囲気があった。皆は、誠之助が米国でどれだけ苦労して医学の勉強をしてきたかを瞬時にして了解した。しかし、皆は誠之助に対して心を遠ざけるのではなく、心を開き親し気に話しかけてきた。誠之助は「地の人」にかえり、ようやく寛いだ気分になった。ここで一服してから、俥《くるま》をつらねて七キロメートルの山道を新宮へと急いだ。誠之助は熊野の山道に入り心癒される思いがした。

倅は父の寝ている船町の我が家に着いた。大勢の人に迎えられて、家に入り、父の枕下に坐った。父の増平は思いの外、元気であった。身体が少し小さくなったように思えたが、父の精神には衰えは見られなかった。兄の余平が亡くなって気丈に生きてきたのであろうか。誠之助は「只今帰りました」と挨拶すると、「おう、よく帰ってきた」と父は光のある眼を誠之助に向けて応じた。増平は一人前の医者になって我が家に帰ってきた誠之助を見て安心し、よろこんだ。明治になって以来、一族から一人の洋医もでていない。増平は誠之助の姿に誇りうる医者を見た。誠之助は、父が自分を一人前の医者と認めてくれたらしいことを感じ、これで少しは父を安心させることが出来たと思った。前科二犯の不名誉をいくらか返上できたのではあるまいか。

愈々この地で開業である。日本では手に入れ難い医療器具は米国から持ってきた。尚、足らないものは一応東京で整えたものの、日常用いる薬品類は、大阪の道修町まで出かけなければならない。誠之助は、正月が近づいていたが、すぐに単独大阪に出向いて最後の整備にかかった。

かくして、万全の準備の後に、明治二十九年一月、仲之町で「ドクトルおほいし」と書いて開業した。

日清戦争に勝った景気が新宮にまで押し寄せて町は大いに活気付いて来ていた。早くから台湾に木材の輸出を試みていた町の業者は、その台湾が新しく領土となってみれば、どんどん木材の輸出を図るばかりでなく、台湾に支店、商社まで設けるような情勢となってきていた。新宮銀行ができたのも、熊野新報が発行されたのもこの年であった。「ドクトルおほいし」の看板はこのような状況において掲げられた。父の増平は長い間、神経痛が高じて寝たきりであったが、頭脳は衰えておらず、口も達者であった。誠之助が帰国し、直ちに地元の新宮で開業したことは何よりも喜んだ。しかし、誠之助が帰国した翌年、明治二十九年七月八日、七十六歳の天寿を全うして他界した。誠之助とは僅か半年余の同居であった。この半年は兄の余平の死と母の死で、暗くなりかけていた大石の家が、誠之助の開業によって明るくなり、活気を取りもどしつつあった。三百年も続いた大石家の家業である医業が頓挫しかかっていたのを誠之助が洋医を以て開業したことによって家業が新しく明かりをともしつつあった。増平の喜びと安心は大きかった。誠之助は、これまでの親不孝を如何ほどか償いえたことで少し心が安らかになった。

誠之助は生まれ育った新宮で、愈々開業医として独立した生活者となった。父なき後の大石家の柱となり、独り身ではあったが甥の伊作と同じ家に住み、他に家には下男下女も、薬局の手伝も居て賑やかなくらしであった。医業は繁盛し、収入は十二分以上あったが皆使ってしまった。誠之助は貯蓄ということをしない。帳簿をつけることもしない。独身の自由な生活振りであった。誠之助は来客を悦ぶ性で、主婦もいない家庭に親戚知己を招いては、御馳走を自ら調えて客を喜ばした。洋食ばかりでなく、和食の調理も上手であった。特に、五目飯は一同に気に入られ、常に所望された。

(五) 雑俳三昧

新宮は材木の都でもあるが、文芸の都でもあった。山紫水明の処へ、生活にゆとりがあって、遊ぶに都合よく出来た街であったからである。

材木や炭の関係で、昔から江戸文化が直接移入されて、すべて江戸風に生活することが街の人の誇りであった。正月の雑煮でも、紀州全般が関西風の味噌の仕立てであるのに、新宮は江戸風の醤油仕立てである。木材、炭の商売は江戸深川、下町との交流を促し、江戸庶民を風靡した幕末の雑俳《ざっぱい》は自然と新宮にも流れついた。短歌や施頭歌に対して滑稽な歌を戯歌《ざれうた》又は俳諧歌の名で呼ばれていた。正統派の和歌や俳句に対して狂歌、情歌、川柳が雑俳と称せられていた。

鰻屋鹿六事千樹庵木下和助という新宮で最も名じみの深い雑俳家がいた。和助は、幕末、材木商川﨑屋で奉公していたが、一旗上げるつもりで、荷船の底に潜み、江戸に出て、鰻の蒲焼を習う傍ら好きな雑俳に打ち込んだ。郷里に帰って鰻屋を経営する傍ら蓬莱吟社をこしらえ、自らこれを牛耳り、雑俳黄金時代を築いた。この人は明治二十四年七十三歳で歿《ぼっ》した。さる名のある俳諧師が鹿六に長居候《ながいそろ》をして家人を困らした。千樹庵不図

酒につく　蝿のうるさや　長の夏

と鰻を焼きながら一句うなると、居候先生、反句もなく、只「申し訳ない申し訳ない」の一点張りで退散した。

明治初年のこと、士族は俸還金を貰って一時息をついた。右筆をしていた古田稔太郎も之を基金として一儲けせんものと、井上正蔵という人から借金までして、汽船共栄丸を貸し切った。船を三輪崎に回航して、材木や炭を東京に運んだのはよかったが、二回目に難破して元も子も無くした。

俸還を　もとでになれぬ　金貸して
水野ない古田　質草にとり

と、古田稔太郎に気の毒な情歌となっている。

一腹に　生れし栗も　出来不出来
杓子もあれば　お多福もある

月給とる　気なし才なし　力なし
　軽きからだは　気散じてよし
この世をば　どりやおいとま　線香の
　煙とともに　灰さやうなら

誠之助が帰国した明治二十九年には千樹庵も灰さようならしていたが、郷里新宮にはまだまだ雑俳家は群がり居た。一族では大石元卿の友松、玉置酉久の三星があり、その他、茶問屋の植野善助の猿主、佐藤豊太郎の鏡水、籠屋の須川竹丸、この人は年中掃除をしないので不掃庵とも号した。当時薬屋の主人であり、後に料亭兎屋となった今出木皮、……皆蓬莱吟社の連中である。

雑俳が流行したのは一つには、雑俳家が集まって、賭け事同様のことをしたからである。連中が集まることを運座と呼び、会費を出し合い、師匠格、所謂点者により選ばれた作品、又は互撰の結果、等級に応じて賞品を授与して一座を賑やかにした。

誠之助も初めはこれら先輩に交って作っていたが、従兄の友松、兄の三星から教えられることが多かった。

誠之助は独身で時間はあり、経済的には困ることがないので、人に誘われるまま運座に加わった。当時の雑俳は、即妙に皮肉や諷刺をきかせるところが誠之助には面白く、和歌の優美と俳句の閑雅とは違って、肩の力がぬけたところは、医療の疲れや日常のわずらわしさからほっとぬけ出してくれるところが気に入った。また、論理で考え理論を展開する学問とは異なって、観察や直感でものを捉えようとするので自分の頭脳の使い方に幅をひろげてくれる。頭脳の健康を維持し、頭脳の偏りを矯正してくれる。雑俳においては、「ことば」と「ことば」の間に飛躍あるいは「間《ま》」があり、その「間」に自由な空間を託するところが誠之助には魅力であった。しかし、何よりも誠之助が面白く思ったのは、雑俳が言葉に託す諷刺や皮肉であった。当意即妙に皮肉や諷刺をとばし、気分転換の自由時間を誠之助は楽しんだ。

米の値に　太き吐息は　つき乍ら　細き煙も　たたぬ貧民

初め社《こそ》　パン止むを得ず　食ひもすれ　やがてステキに　旨くなるらん

近日、米国へ出稼ぎせんとする人に彼国の事情などを話しける時、渡航後食物の異なるを憂ふを聞きて作る。

天ぷら屋出家はころも取って入り。

主の浮気なこころが変わる天気予報をして欲しい。

太物屋不当にやすき賃金を上げねば形がつかぬ騒動。

太物形付職工のストライキを詠む。

保険の種類も数あるものを主の言葉に何故附かぬ。

二度も三度も其手は喰わぬ自由党ではあるまいし
この年（明治三十一年）の四月、自由党は総理の板垣退助の入閣を伊藤首相に要求してふられた。

人のうわさは広告料を出さず世間へする披露。

誠之助は、狂歌や狂句をつくるのに次第に身を入れるようになった。

(六) 印度留学

誠之助はよりよい医療の探究をつねに怠ることはなかった。

誠之助がアメリカ留学の前年、郷里で発生したコレラで六十五名の患者の中、五十二名が死亡した。このことは代々医を業とする家に育った誠之助にとって忘れることは出来なかった。日本にコレラやペストを決して入れてはならない。当時、日本では東京大学や内務省の伝染病研究所が主となって伝染病の研究に当たっていたが、その研究は一般医師ではとても及ばないことであった。ましてや学閥外の誠之助にとってはそれらの研究機関を利用する機会は殆ど恵まれなかった。誠之助はそれら、伝染病研究のためインドのボンベイ大学に留学しようと決心した。

三十二歳の男盛り、独身、誰に気兼ねすることもなく、誠之助は充分の旅費を用意してこの旅に出た。明治三十一年終わりのことであった。

当時は多くの場合、三輪崎から乗船するが、勝浦温泉で別れの会を催すという雑俳仲間の意を汲んで、勝浦から乗船することにした。一月二十八日に勝浦を出航、二月四日には神戸を出航し二月十日に門司着、そして四月八日にシンガポールに着いた。

当時のシンガポールは英国の植民地で、南洋を押さえる重要な地点として、人口五十万人、七割までが中国人で占められ、日本人も追々発展しつつあった・明治三十五年の日英同盟を前にして、英国民の感情は頗るよかった。誠之助は、ここで暫くシンガポール植民地病院に勤め、研究費を稼ぐことにした。ここで九ヶ月生活しながら脚気や熱帯病について研究した。

インドボンベイ大学への留学は、母校オレゴン大学での成績や医療実績、カナダのモントリオール大学での外科医講習での成績が優秀であったことから実現した。

インドでは、宿屋という宿屋は、暑さを凌ぐ為に一室毎に一人の女がドアの入口に立っていて、大きな団扇で室内に涼風を送る事を仕事としていた。これらの女は宗教上再婚を禁じられている未亡人ばかりで、一晩中団扇を動かす綱を引き通す。誠之助はこうした哀れな労働に却って眠れなかった。職業とはいえ一人の人間が快く眠るために別の人間が眠ることなく夜を徹して団扇で風を送るという睡眠のとり方は、誠之助の心を安らかにしなかった。インドの宿屋は、泊り客に暑さを凌ぐために涼風を送ろうとしている。それは宿に泊まる旅人にとって有りがたいことで、心の行き届いたもてなしであろう。しかし、このもてなしを一人の女が交替もなしに一晩中綱を引いて団扇を動かす職業があり、その職業には哀れな未亡人がついている。誠之助はこの哀れな女のことが気になって、かえって安眠できなかった。インドではこのことが通常なにごともないかのように行われているのであろう。異国インドとはどんな国であろうか。

誠之助はある暑い日に街を歩いてみた。そこへ珍しくも結婚の行列に出くわした。飾り立てた象の上に櫓を組んでその中に花嫁が鎮座している。それから後へ後へと長い一列の行列が手に手に嫁の持参の物を持ちながら大名行列のように続き、時に楽隊にはやし立てられながら静々と行く。そしてこれを見物し、その布施に与かろうとする群衆、全くの息のつまるような賑わいである。

長い長い行列は去った。そして行列の見物人たちも去った。誠之助は一人その去ったあとに残された。もう誰もいないと思って四辺を見ると、さっきから寺院の石段で、しゃがんだなり動かない人間がいる。シヴァの神に祈りを捧げているとしても、余りにも長い時間を動かないでいる。あるいは行列の花嫁に見とれて石と化してしまったのでは、と思われるほどこの人は動かない。近寄ってみると、汚いボロボロの腰巻一枚、何時まで経っても頭をあげようともしない。誠之助はこれはどうしたことかと側に寄ってみると、なんとその人は死んでいる。通りかかった男に尋ねてみると、「こうして貧乏人は餓死するのです。」と答えた。今、花やかな結婚式を見た眼で一瞬この悲惨な光景を同じ場所で見てしまった。同じ場所で、ほぼ同じ時刻に、結婚の花やかな行列と餓死した人間が並存し、そこに人々の日常の感情だけが流れている。死者を悼む人もいなければ葬う人もいない。死者は路傍の石の如くそこに在る。異国人である誠之助だけが、あまりにもの異常さに心のはたらきを停止し、感情や思考が凍結してしまった。「こうして貧乏人は餓死するのです」という男の言葉には誠之助は次の言葉が出なかった。

町に出ると、跣でごみ箱を漁る犬のような子供、何処かに見物に出かけると、銭や食べ物をねだる雲集する物乞いたちがいる。しかし、牛が道の真ん中で寝そべっていても誰一人として気にかける者もなく、車でさえ避けて通る。そこには慈悲深い民衆がいる。インドでは、それらのことがらが何でもないことのように、生も死も、貧も富も、すべてを許容する世界があるのであろうか。誠之助は、インドには自分の理解をはるかに超える世界、底深い得体の知れない世界のあるらしいことを感じた。こんな国には和歌も俳句も、そして雑俳も生まれないであろうと思った。

研究室に勤めるインドの医者に「無学の者が九十％も占めるこの植民地を、イギリスはうまく統御している」と誠之助が話すと、その医者は言った。「形の上ではイギリス人の指導の下にあるが、少なくとも思想の上では彼等イギリス人を指導する日が近いであろう」と。誠之助は一介の医師のこの言葉におどろいた。彼の言葉は、言外に「イギリス人は政治や経済においてインドを支配しているが、われわれインド人は思想までは支配されているのではない。われわれの国インドの思想はイギリス人のそれより優れており、深淵な内容をもっている。いずれインド思想はイギリス人のそれを指導するに至るであろう」と云っている。彼は「政治や経済という物質世界よりは、思想という精神の世界が重要である。我々インド人は精神世界においてイギリス人より優れている」と言外に言っている。彼は自国インドの思想を自己の精神の基礎とし、それを誇りとし自信をもって生きている。誠之助はインドに来て尊敬すべき人物に出会った気がした。誠之助はインド思想なるものがどんなものかまだ知らなかったが、日本の仏教も元をたどればインドで生まれたものであることを考えると、インドには自分が知らない深淵な思想があるのであろうことを想像した。釈迦はインドの人である。誠之助は日本の思想や思想家のことを考えてみた。紀州和歌山は高野山と空海のことを思い出したが自分は空海のことを殆ど知らないことに気づいた。誠之助は自分が日本の思想や精神について殆ど知らないという点で研究室に勤めるインドの医師に及ばないと思った。

彼は知識階級であり、インドの支配層に属している人間であろう。インドの支配層は自国がイギリスの植民地となりイギリスによって支配されていても、決して支配しているイギリスを尊敬しているのではなく、精神においては自分たちが優位にあると思っているのであろう。誠之助は、インドは広い領土に多くの人口をかかえ、いろいろな人間がいることを実感した。この国は一筋縄ではいかない得体の知れない大国であろうと思った。

しかし、現実に目にする貧者の群れのことを忘れることは出来なかった。彼等の存在はインド社会に根深くあるカースト制と関係があるのであろうが、その関係を更に過酷にしているのがイギリスのインド支配であろうと思った。誠之助は帝国主義に反対の思想を持つ社会主義に強い関心を寄せるようになった。誠之助はインドで社会主義の本を買い求めその勉強をはじめた。

誠之助は明治三十三年の秋頃から身体の調子が急変した。過去二年間の熱帯での生活が祟ったらしい。自分の研究もやっと緒に就いたばかりであったが帰国を決心した。医学の研究は勿論であるがインドについても知りたいことはあったが、病気とあっては帰国は止むを得ないと思った。年も迫る明治三十三年十二月十三日、誠之助は飄然と、ボンベイを出帆、帰国の途についた。明治三十四年一月八日、神戸に着いた。誠之助三十五歳、独身、既に父母もなく、別に急ぐこともなく、再び開業の準備もあって、四、五日神戸に滞在した。日本はおだやかである。人々の顔つきものんびりしていて、家々の屋根のそり具合もゆったりしている。六甲の山も美しい。誠之助は久し振りに寛いだ気分で正月を迎えた。新宮には一月十四日に帰った。

（七）誠之助と情歌

郷里では一月に入ると、暖かい年にはもう梅が咲く。熱帯で体調を崩していた誠之助も次第に回復にむかい、日本の春を迎える心の余裕も出てきた。誠之助は大阪朝日新聞の月ヶ瀬の梅だよりを見て急に観梅の旅に出たくなった。今に来ようとしている日本の春を久し振りに迎えてみたくなった。インドの衣を日本の衣に着替えて新たな出発をしようと思った。今出木皮に声をかけ観梅の旅にさそってみた。この人とはよく馬が合い、かつて二人でお伊勢詣りもしたことがある。木皮は勿論よろこんで誠之助のさそいに応じた。

二人は早速に雑俳である。まず大阪の旅館で木皮が

○新聞を　開ければ梅の　花だより

と前の句を呻ると、誠之助無門庵は

○それから思い　月ヶ瀬の旅

と軽く後の句をつける。雑俳は久し振りである。誠之助の心は軽やかになった。それから「汽車の中にて」と題して、

○月の瀬に　花に年頃　あくがれて
　心のやみを　今日は照さん

又、「橋の上にて」と題して

○月の瀬の　橋の上から　ふくれたる
　梅の枝みて　ころされた気味

南紀のつもりで、新聞の記事を信じて来た所、梅はまだ蕾、腹を立てても梅には通ぜず、あるがままに遊ぶ心、雑俳三昧。

「やがて山の端に月出づ」と題して、

○丁度よい　下弦の月は　咲き足らぬ
　梅に風情を　添へた山の端

誠之助快調の気分であった。

「やがて月ヶ瀬村に至り、此処彼処の梅林を尋ねしも、大方蕾にて旅宿などもまだ客を迎ふる用意とゝのはず」と題して、

○春げしき　用意も未だ　ととのはぬ
　宿に魁け　梅見客とは
梅は春に魁けて咲くから魁春とも云ふ。梅見に行って肝腎の梅は見えず、徒らに客の魁になった熊野猿二匹自らを嘲った。

木皮との雑俳の旅は、インドの衣を一枚脱いだ気分にさせた。誠之助は、肝腎の梅は見えなかったが探梅の旅に満足であった。自然を愛で、人と自然とが親しく向き合うというような風流な時間はインドでは持つことができなかった。

インドでの疲労と体調不良から回復すると、愈々医者としての多忙な毎日を送ることになった。医者としての誠之助の評判はよく、日に日に高くなっていった。新宮の人たちはもとより、遠く川奥から、川向こうからと患者は続々と殺到した。

この時分の医者仲間にはまだ「医は仁術なり」の遺風があって、どの医者も無理矢理に薬礼を催促する医者は少なかった。明治十九年、南海病院を開いた佐藤春夫の父である豊太郎が経営の近代化から、止むを得ず毎月払いにしたのが新宮における薬礼取立ての始まりといわれている。誠之助はインドから帰ると、待合室に「右薬価はなるべく実行」と掲示した。

誠之助は年齢三十五歳にもなり、親戚知巳もこの繁盛さに妻もいないのを不便がり、早く結婚する様に勧めた。誠之助はアメリカから帰国以来、何のかのと言って結婚話を五年も延ばしに延ばしてきた。

家には家事を手伝う下女が一人いる。別にこの下女とねんごろな関係をもった訳でもないが、下女の方では妻女のないこの家では細君然として振舞う場合もあった。こんな場合、親戚の者も眉をひそめたが、誠之助の意中をはかりかねて敢て注意する者もいない。誠之助もそんなことには一向に気にもしていない有様であった。下女も下女として勿体ないほどの器量よしであったので、己惚れも手伝い、行く行くはドクトル夫人と自認するようになり、態度もだんだんあつかましくなってきた。

誠之助は、親戚からの親切心と、そして理屈の通った執拗な縁談に圧倒され、さりとてその縁談を断る理由も自分の方にはなく、逆にその縁談を受け入れた。そして、その年の秋には結婚をひかえることになった。この下女をなんとかしなければならない。ドクトル夫人と自認するようになった下女に自分の結婚話をどのように話せばよいか。誠之助は下女に直接この縁談話をする勇気もなく、親戚の人にそれを頼む訳にもいかず、親を呼んで納得してもらうこともできず、内心もたもたしながら時間が経っていった。時間は迫ってくる。誠之助は追いつめられ、一計を案じてとんでもないことを思いついた。そしてそれを実行した。誠之助は、睡眠薬の注射を一本下女に打って、担架で親元まで届けた。この誠之助の振舞は窮余の一策から出たものではあったが、代々続いた旧家大石家の人間に死滅することなく残っている特権意識が、世間を無視する、そして増平、余平、酉久の行動にも現われていた風変わりな行動が、この時無意識に表に出て来て、この振舞となった。誠之助にはこの下女の心を思い遣る余裕がなく、そのような仕打ちをされた娘の親心のことも考えず、それに鈍感であり、無感覚であった。誠之助の心に埋み火のように残っている、常日頃は無意識のうちに表に現れることのなかったこの特権意識が、人間に対する鈍感、無感覚となって現われてしまった。担架でこの下女を運ばされた者たちは、「生きている人間」を運ぶというより「もの」を運ぶようで下女のことを不憫に思った。ドクトルの日常の振舞にはこの地に住む普通の人たちとは違った、目立ったところのあることは知ってはいたが、この下女に対するドクトルの振舞には、刀を肌にあてられたような冷たさを感じた。頭脳が飛び抜けて優れている人はこんな振舞に及ぶものか、人間としてこんな異常なことをするものか、下女を担架に乗せ、その重みを肩にずしりと受けとめながら運ぶ人たちは、大石家の人たちのかつての振舞を思いおこしていた。誠之助の父の増平、兄の余平も常人とは違ったことをする人たちであった。このドクトルも同じであったか、と思った。そして、この下女とその親は誠之助のこの振舞を決して許さなかった。

その年の十一月三十日、誠之助は生熊橘造氏の三女ゑいと結婚した。生熊氏は明治の初年に初めて新宮で活版印刷集文社を始めた人として地元では知られた人である。橘造氏は早く逝き、未亡人たみは五人の娘を育てた。家計の不如意からゑいは横須賀の海軍軍人の家で娘時代を過ごした。八歳で父と死別したゑいは十三歳の時には奉公に出た。奉公先が親類の間柄であり、親切にされても随分辛い思いをした。その家に五年の年月を辛抱し、一通りの裁縫も出来て、料理も人並以上になった。横須賀に永住することを勧められたが十七歳の秋、母のことが気がかりだからと熊野の町へ帰ってきた。ゑいは有名な美人で新宮では誰も知らぬ人はいなかった。

誠之助は結婚して外で遊ばなくなり、遊里に足を運ぶのをぴたりと止めた。独身時代外で使っていた時間は地域の人たちの啓蒙活動に使った。近所の玉石磨智蔵氏の別宅の二階を借りて、英語の塾を開き、自ら講義をし、会話は時々布教に見えるヘール師やレビット女史にまで頼んで町の青年女子の学習に当ったり、仲ノ町の旧宅に、新聞雑誌の縦覧所を設けて、青年の自由平等の思想を養ったり、家の前に太平洋食堂を開いたりして、西洋料理の食べ方を教えた。食堂は、アメリカ帰りの土佐の人、飯岡省三という人をコックとして雇った。この人は後日和《ひより》山《やま》に乳牛を飼い、新宮で初めて牛乳を生産販売した人である。この食堂はもともと金儲けが目的ではなく、誠之助の食道楽と啓蒙が目的であったから永続きする筈はなかった。街の人たちは、初めは物珍しさに慣れないフォークやナイフをがちゃがちゃさせながら案外に集まったもののの、時にはドクトル自身が出て来て「スープはこうして吸ふものだ」「ビフテキはこうして食べるものだ」と一々面倒臭い作法を教えられる事が食事を不味くして、だんだんと客足が遠ざかった。

英語の塾の方も家業に追われて怠りがちとなり、いつとはなしに消えてしまった。結婚して腕をあげたのは雑俳の方であった。既に、誠之助が結婚する前、明治三十四年十月『団々珍聞《まるまるちんぶん》』が情歌大懸賞募集をした際、三万六千余唱の応募があり、その中の優秀作十八唱の中、誠之助の情歌（都都逸）は二つも入賞した。

題　芸者

　辛い夜は日につぎ三味線の
　　勤めするのも主のため
　そこは藤間も知らない踊り
　　主の座敷と聞いた胸

明治維新前から明治期にかけて、低俗、野卑、猥褻な都都逸がつくられ歌われていた。鶯亭金升は低俗な都都逸を革新するために『団々珍聞《まるまるちんぶん》』（略称『団珍』）によって都都逸情歌と名づけ、都都逸の革新運動をなし、情歌全盛時代をもたらした。

江戸時代の戯作者為永春水の門人に松亭金水があり、金水の門人に梅亭金鵞があった。金鵞は、明治十年創刊の『團々珍聞《まるまるちんぶん》』の名づけ親であり、その主筆であった。主として滑稽戯文をつくり、雑俳にも手をつけていた。鶯亭金升（長井総太郎）はこの金鵞の門人である。金升はもと長井総太郎昌安といい、明治元年に疎開地の下総豊富村で生まれた。金升の祖父は長井龍太郎昌大といい、旗本中でも騎射の名人といわれた。その婿養子が長井筑前守昌信であり、金升の父である。長井筑前守は開港後の長崎奉行をつとめ、そういうことから長井家の家族は維新の動乱にさいして疎開をしなければならなかった。父は維新後工部省につとめ、明治七年に死亡した。金升八歳の時であった。

朝寝して　梅の香りで　眼をさまし

をつくって人々をおどろかせた。早熟で天才であった。明治十六年金鵞の門人となって團珍社にはいり、明治十八年、十九歳で『團々珍聞』の都都逸などの選者になった。

金升の新情歌の提唱は一世を風靡し、全国各地に金升系の情歌の結社「升連」が生まれた。金升は『團珍』誌上で情歌の選をするとともに、各地の升連誌の選者となり、多忙であった。

無門庵、大石誠之助が禄亭永升となったのは明治三十四年十二月から三十五年一月はじめの頃であったと云われている。誠之助は妻をえて、それから一月も経つか経たないかのうちに升号をうけるという、二重のよろこびがあった。

俳句や情歌の世界で宗匠となり、その判者（選者）となることを「立机《りつき》」という。金升系についていえば、金升の推薦か許しを得なければ宗匠になれない。誠之助が宗匠になることがきまったのは明治三十六年ごろであったと云われている。升号をもち、升連に加盟するものは全国で百五十六人、そのうち紀州では禄亭永升（大石）と広亭敬升（玉名麿智蔵）のふたりだけであった。誠之助立机のころになると升号をもつものは十三名となっていたが、誠之助は金升門下で四人しかいない宗匠であり、紀伊升連のリーダー格であった。

誠之助は情歌づくりに熱心になりながら、自分たちのつくる情歌がどういう文芸であるか、他の文芸とどこが違い、他の文芸と同等の価値をもっているか、考えを深めていった。そもそも情歌なるものは、都都逸の低俗さを脱する革新運動から生まれたもので、従来の都都逸と区別する意味で名づけられた。漢詩は荘厳簡樸を、和歌は清楚優柔を、俳句は軽妙を、狂句は諧謔をうたう。情歌は何をうたうか。誠之助は、情歌は濃厚緻密な人情をうたうものであると考えた。そして人情とは、夫婦の情、親子の情、君臣の情、朋友の情、其の他国家に対する情、草木・家畜の如き非常物に向って発する情に至るまで、皆人情の内に入るべきものと考えた。誠之助は情歌の作者として人情を相当に広義にわたるものとして把握した。漢詩、和歌、俳句などの作者と吾して詩人としての情歌作者であろうとする誠之助の姿がここに見える。人情をこのように広く捉えると、情歌が克服すべきものとした、そして情歌の根底にある都都逸の味わいを失くしてしまう恐れがある。都都逸の低俗さを克服する代償として都都逸の味わいを失う恐れがある。誠之助はこのことを感じてか情歌は濃厚緻密な人情をうたうものとし、濃厚緻密な人情として恋愛の情を最も絶妙な人情とする。誠之助は情歌作者として情歌の文芸的価値を高め、維持するために詭弁を弄するような情歌論とでも呼べる考えを展開する。それでも尚情歌の他の文芸に比して弱点の克服、即ち低俗の克服不充分とみてか、いましめの言葉を加える。恋愛の情を歌う場合、美術家が裸体画を描くように高尚なる理想を貯えていなければ猥褻卑陋聞くに堪えざる醜態をあらわす。情歌の作者は高尚なる理想を貯えていなければならないと戒める。しかし、情歌は人間の邪ならざる心に発し、人情の真を感じとり、それを言葉にのせて表現するものであるとしても、情歌にはどうしても言葉の遊戯の側面のあることは否定しがたい。誠之助は、現実の生活の中で言葉の遊戯の側面がふき飛ばされる事実に出会した。

ある日、骨と皮とにまで痩せ衰えた病児を抱いた母親が誠之助の病院に駆け込んできた。その母親は病院に入るなり「この子に一杯の御飯を食べさせてください」と落ち着いた声できっぱりと言った。普通であれば来院の患者は薬を求めるが、この母親は一椀の飯を求めた。誠之助は虚をつかれ、病児を一見してその母親の言葉が真実を語っていることを了解した。誠之助は黙って一椀の飯をお茶を添えて差し出した。母親は安堵の気持ちを身体全体にあらわし、病児の食するのを見ていた。

誠之助はその日の診療が終わってしばらく診察室の椅子に腰かけてじっとしていた。今日のあの母親と病児の姿が脳裏に焼きついて離れない。誠之助はあの母子のことを思いかえした。自分はその母親の言葉に圧倒された。自分は彼女の言葉に金縛りにあったように、自分の意志をもたず黙って母親の言う通りに一椀の飯をお茶を添えて差し出した。母親は一椀の飯が運ばれ、差し出されるのをじっと見ていた。今、思い返してみるとそれは厳粛な一瞬のできごとであった。彼女の言葉には力があった。そして彼女には決して卑屈なところがなかった。彼女の落ち着いた明瞭な言葉は、病児の生命を救って欲しいという唯一の純粋な目的を自分に伝えた。生命を救われるべき人間と救うべき人間がそこに在った。自分は医師としてのみ、そこに居た。その状況はとりわけの感動を伴うものではなかったが、得もいわれない、純粋のよろこびの伴うものであった。自分は得がたい経験をしたと思った。ぐったりとなって目をつぶっていたその病児は一椀の飯を食べ終わり元気になった。自分のなした行為が目の前ですぐに効果をあらわした。今度は自分が元気になった。その母親は飢えてはいたが卑屈ではなく澄んだ目をしていた。その母親の言葉は心の底から発せられていた。彼女は世間の恥や外聞をはるかに超えたところにいた。情歌のもつ言葉遊びや諷刺はその母親の底深いところまで達することはできない。情歌の言葉はその力においてその母親の言葉にはるかに及ばない、と誠之助は思った。誠之助の思いはインドの餓死者にまで及んだ。自分たちの言葉遊びや諷刺はインドの貧しい飢餓者の前では跳ね返されてしまう態のものであろうと思った。誠之助は情歌をつくるのに心のはずみが萎えていくのを感じた。

誠之助はかわりはじめた。学校の運動場で機械体操をしている生徒を見ても、それが体育の為になる、青年の士気を鼓舞して結構だと感ずる前に、直ぐその傍の荷車に目が移る。そうして汗水を垂らして之を挽く痩せこけた男と、乳呑児を背負うて後押しをする、やつれ果てた女の姿が自分の胸に迫ってくる。一方には賃銭と言う鎖に繋がれて、イヤでも応でも働かねば餓死する人がある世に、他の一方には運動もせねば腹を減らせないで困ると云う金持の子を遊ばせる学校の必要がどこにあるかと思ってしまう。

『團珍』一四五七号（明治三十七年一月一日）に誠之助の前書きをつけた訳詩「わがもの」

が載っている。

十三世紀の『わがもの』蘭国マーラント原作（共産）の一節、緑亭永升訳

先日或書物の調べて居ました時、偶然蘭国詩仙マーラントの作った「わがもの」の変調を見出しました。余り堅過ぎて絃には合ひますまいが、唯西洋の端唄は昔こんなものであったと言ふことを知らせる為、茲に訳して見ます。原文はラテンから英語に直したのを私が重訳したので修辞の美などは到底及びませんが、唯唄の意を伝へるだけの事であります。

我有《もの》と　汝が有《もの》の　ふた言葉
　この憂世から　取り去らば
自由と平和　俄に来て
　高きと卑《ひく》き　隔てなく
五穀もさけも　皆人の
　共に有《も》つ日と　なるわいな

誠之助は素朴な社会主義詩人ともよぶべきマーラントの詩を『團珍』に訳載した。誠之助はこれを最後に、社会主義情歌を出さなかった。誠之助は情歌に訣別していった。

（八）　医師としての誠之助

誠之助は医師という職業について一家言をもっていた。そしてそれを実践した。

一剤主義

誠之助によれば日本の医者はその学芸と技術に対する報酬の外に、不必要な薬を売付けて患者より多くの金銭を貪り取る弊風がある。外用薬だけでよい患者に対して内服薬を売り付けたり、一患者に対して、水薬、散薬、頓服、別に強壮剤、含嗽剤、塗布・湿布剤又は吸入薬というように多種多様の服薬を命じている。誠之助はこれらの弊風に対して、一つの病には例外な場合もあるが通常一剤で足りるとして意味のない投薬をせず一剤主義を実行した。

いろいろなエピソードが伝えられている。

「診療を受けたあとで患者が薬をくれよと請求すると、そうだなあ、水を少しずつ薬だと思って飲んでいればよいのだが、それは永続きがしないから、砂糖水を作っておいてそれを時々飲むがよい。この病気には世界中どこへ行っても必ずなおるという薬はないのだ。だから、医者は砂糖水と同じようなものを調合して、高い薬代を取って患者に飲ましているのだ。医者の手で砂糖水を作ってもらうのも自分の手で作るのも同じことだ。などといって単舎利別を薬びんに入れて与えた。」

「痔の患者が診察に来ると、毎日川へ行ってその部分をきれいに洗っておけ、それを怠るとまた悪くなるぞ、この病気はきれいにしておくことに限る、といって薬を与えなかった。」

誠之助は、病気は基本的には自然が治すものと考えていた。医学は天然の良能を幇《たす》くる以外、大きな信頼を有するは到底不可能なりと信じていた。外科的手術と伝染病を除き多くの場合疾病の治癒は天然の経過を待たざるを得ないと誠之助は考えていた。

新宮教会長老の小倉信男は中学一年の時、夜、ねずみに手の指を噛まれて手首を紐でしばり、夜の明けるのを待って誠之助の所へ診てもらいに行った。「咬鼠毒と云って放って置くと、大変なことになるんじゃがのう。ようしばって置いた。これでええこれでええ」と手術を辛抱したことをほめ、薬でもつけてくれる事かと思ったら、思いのほか、「これにはハブ草の汁をつけるとええ、中学校の裏にいくらでもあるんで、採ってきてつけなはれ！」と、その草の生態まで説明して小倉信男を帰した。

誠之助の家は代々医者であり、少年時代から本艸綱目や大和本艸や和漢三才図絵から得た知識で、薬艸類の心得は勿論、何処にどんな薬艸は生えているか、家伝として教わっていた。

誠之助の医療原理は天然の経過に委ねることである。そのためには患者の診察を念入りにおこない、できるだけ正確な診断を下さねばならない。誠之助は念入りな診察に充分な時間をかけた。当然、一日に診察する患者の数は限られる。毎日多数の患者を診察する市井の流行医や大病院の勤務医とはこの点において異なっていた。

治療費、薬代については、待合室に薬価や診察料を書いた紙を掲示し、「可成実行の事」と書き添えてあった。それで月末や年末に至っても、全く向うから持って来るのみに任せ、此方《こちら》からは催促にいかない。前の不納者でも快く再び之を治療し、過去の不足とか滞納ということを成るべく此方では忘れるように勉めた。実際には払える人は大概払いに来る。払いに来ない人は払えない程に貧困であるか、あるいはそれ以上の事情があるらしかった。

誠之助はどの医者も敢て往かない被差別部落民の往診にも喜んでかけた。

（九）誠之助と社会主義

誠之助は、明治三十六年から三十七年にかけての頃、情歌と訣別して社会主義関係の本をやや本格的に読みはじめた。主にインド滞在中買い求めたさまざまな分野―医学関係だけでなく、J・S・ミルの諸著作、カント等との著作を含む分野―の洋書だけでも四百冊ほどあったが、その中からマルクスの『共産党宣言』を選んだ。これは週刊『平民新聞』に訳載されていたからであった。

「今日まであらゆる歴史は、階級闘争の歴史である」と云う書き出しに誠之助は衝激を受けた。誠之助はそこに聞き慣れない言葉と、思いもつかなかった歴史の把握の仕方に出くわした。「階級闘争」という言葉は初めて聞く言葉であり、その内容は漠然と想像することができるだけであった。マルクスはこの文章において歴史的事実について一つの「判断」あるいは「解釈」をしている。誠之助はこれまで歴史的事実について「判断」したり「解釈」したりすることなど全く考えたことがなかった。自分の知っている歴史は、同志社英語学校で英語の原書『米国史』であり、『古事記』、『日本書紀』であった。それらの著書はいずれも歴史的事実について叙述されたものである。歴史的事実について「判断」あるいは「解釈」するとはおどろきであった。誠之助はおどろきの気持ちで読みすすめていると、この著書の一八八八年英語版へのエンゲルスという人の注の中で歴史について「書かれた歴史」とはっきり書かれている箇所に出会した。「書かれた歴史」とは、書かれる以前に既に書かれるべき「事実としての歴史」があってはじめて可能であろう。そして「事実としての歴史」を「書かれた歴史」として書いた人間がいることを意味する。ヨーロッパには歴史について深い考察をする思想のあることに誠之助はおどろいた。そして思いついたのは日記である。日記には一日にあった事実のすべてが書かれているのではない。一日にあった事実の中からいくつかのものが選ばれ、その選ばれた事実について書かれている。そこには事実を選び、書く人がいる。誠之助は歴史を「解釈」あるいは「判断」することの内容を理解した。どの事実を選び、どのように書くか、そこに人間がいることに誠之助は気づいた。

エンゲルスは註の中で次のように述べる。

「一八四七年には、社会の歴史、すなわち記録された歴史に先行する社会組織は、全然といっていいほど知られていなかった。その後、ハウトハイゼンは、ロシアにおける土地の共有制を発見し、マウラーは、土地の共有制がすべてのチュートン部族の歴史的出発の社会的基礎であったことを立証した。そして次第に、村落共同体は、インドからアイルランドにいたるあらゆるところで社会の原始的形態であること、あるいはあったことが発見された」と。

エンゲルスは、「社会」の歴史について語るに「社会」を「社会組織」という言葉をもってする。誠之助はこれまで「社会」という言葉をもたなかった。誠之助はこれまで「社会」というものを「認識」の「対象」としたことはなかった。誠之助は「社会」を精々「世間」あるいは「世の中」という言葉で想像していた。「社会」とは何か、「社会」の内容はどんなものか、という問いを発し「社会」を認識の対象として意識したことはなかった。「社会」は誠之助にとって「世の中」あるいは「世間」という経験対象でしかなかった。エンゲルスは「社会」を「社会組織」として捉え考察する。エンゲルスは「社会」を認識対象として正面に据え、それを「社会組織」として把握する。誠之助はこのことだけでも自分とエンゲルスとの格差を感じた。そしてヨーロッパの思想・学問のレベルを思った。

「組織」という言葉は医学においてよく登場する。この言葉は誠之助にとって既になじみがあった。細胞組織・身体組織という用語は医学においてよく出会す。しかしエンゲルスは社会組織と云う。身体組織は身体を構成する諸々の器官の結合、あるいは結合した統一体として理解されているが、社会組織は社会を構成する要素としての人間の結合、あるいは結合した統一体として理解されるのであろう、と誠之助は考えた。社会組織を身体組織から類推して把握するとすれば、そこで問題となるのは、組織構成要素としての人間と人間との関係を包摂する統一体としての社会であろう、と誠之助は理解した。人間と人間との関係は、対等あるいは平等の関係、上下の関係、支配被支配の関係などとして現れるであろう。マルクスが「階級闘争」といったのは、人間の支配被支配の関係における支配する人間と支配される人間との闘争のことであろうと誠之助は理解した。そして、社会の原始的形態である村落共同体においては階級闘争は存在しなかったであろうと理解した。何故なら、村落共同体においては土地は共有制の下にあったからであると理解した。土地は、人間が生存していくために自然から恵みを受ける手段であり、この手段が村落共同体構成員の共有制の下にあれば土地を媒介して自然から受け取る恵み即ち富も共有の下にあり、恵みを受け取る構成員の間に富の差即ち貧富の差はないであろう。貧富の差のない構成員の間には支配被支配の関係は存在しない、と誠之助は理解した。マルクスやエンゲルスの人間理解に比べて自分の人間理解はどうであったか。自分の人間把握は精々情歌や雑俳においてしかなされていなかったのではあるまいか。人間は生存していくためには自然から恵みを受けねばならない。土地は自然から恵みを受け取る手段である。マルクスやエンゲルスは、自然から恵みを受け取る手段である土地の所有の在り方において社会の在り方を把握する。そして社会の在り方の歴史を考察する。自分の人間把握とマルクスやエンゲルスの人間把握となんと違うことか、誠之助は実感した。

マルクスは、「ブルジョアとプロレタリア」という標題を第一章に掲げ、今住む近代的社会における階級闘争について述べる。

ブルジョアとプロレタリアという言葉については、エンゲルスは一八八八年英語版への注において説明する。

「ブルジョア階級とは、近代的資本家階級を意味する。すなわち、社会的生産諸手段を所有する者にして賃金労働者の雇傭者である階級である。プロレタリア階級とは、自分自身の生産手段をもたないので、生きるためには自分の労働力を売ることを強いられる近代的賃金労働者の階級を意味する」と。

マルクスは近代ブルジョア社会の前段階の社会について言う。

「歴史の早い諸時期には、われわれは、ほとんどどこでも社会が種々の身分に、社会的地位のさまざまの段階に、完全にわかれているのを見出す。古代ローマにおいては、都市貴族、騎兵、平民、奴隷に、中世においては、封建君主、家臣、ギルド組合員、職人、農奴にわかれていた。なおそのうえ、これらの階級の一つ一つのなかが、たいていまた別々の階層にわかれていた」と。

「歴史の早い諸時期には、ほとんどどこでも社会が種々の身分に、社会的地位のさまざまな段階に完全にわかれているのを見出す」というマルクスの言葉は、三百年も続いた名家に生まれた誠之助にとって、かなり身近なものとして理解できるものであった。古代ローマのことは知らなくとも、封建君主、家臣などは日本の士農工商という封建身分制から類推できた。今、自分が生きている時代は徳川封建体制が崩壊して明治という新しい時代の社会である。マルクスはこの社会を構成するものとしてブルジョア階級とプロレタリア階級という二大階級を持ち出す。

マルクスは言う。「封建社会の没落から生まれた近代ブルジョア社会は、階級対立を廃止しなかった。この社会はただ、あたらしい階級を、圧制のあたらしい条件を、闘争のあたらしい形態を、旧いものとおきかえたにすぎない。

しかし、われわれの時代、すなわちブルジョア階級の時代は、階級対立を単純にしたという特徴をもっている。全社会は、敵対する二大陣営、たがいに直接に対立する二大階級―ブルジョア階級とプロレタリア階級に、だんだんとわかれていく」と。

「封建社会の没落から生れた近代ブルジョア社会」とは今自分が生きているこの明治の社会である。マルクスはこの明治の社会を「ブルジョア社会」として自分の目の前に突きつけている。自分は、徳川幕府の支配する封建制社会の没落から生まれたこの明治の社会に生きているが、この明治の社会がどんな社会であるかをよく知らないで生きている。マルクスは、今自分が生きている明治の社会を「ブルジョア社会」と明快な言葉で言い切る。誠之助はマルクスに圧倒された。ブルジョア社会は封建社会の没落から生まれたという意味では封建社会のもつ身分制度の下における支配被支配の関係を解放した。すなわち、ブルジョア社会は封建社会における支配被支配という階級対立を廃止した。しかし、ブルジョア社会は階級対立そのものを廃止しなかった、とマルクスは言う。誠之助は、社会についての思考の深さ、鋭さにおいて、マルクスに更に圧倒された。ブルジョア社会は封建社会における階級対立を廃止はしたが、階級対立そのものを単純にし、したがって明快にしたとマルクスは言う。ブルジョア社会は封建社会における階級対立を廃止して、あたらしい階級対立におきかえたとマルクスは言う。このあたらしい階級対立はブルジョア階級とプロレタリア階級であるとマルクスは言う。ブルジョア社会全体は敵対する二大階級にだんだんとわかれていく、とマルクスは言う。誠之助はこの二大階級にだんだんとわかれていくブルジョア社会の中に自分がいることを自覚しはじめた。誠之助はマルクスの繰り出す言葉を追った。

マルクスは言う。「アメリカの発見、アフリカの回航は、頭をもたげてきたブルジョア階級にあたらしい領域を作りだした。東インドとシナの市場、アメリカへの植民、諸植民地との貿易、交換手段や、また総じて商品の増大は、商業、航海、工業にこれまで知られなかったような飛躍をもたらし、それとともに、封建社会内の革命的要素に急激な発展をもたらした。

これまでのような工業の封建的もしくはギルド的経営様式は、もはや、あたらしい市場とともに増大する需要を満たすには足りなかった。工場手工業《マニファクチャ》がそれに代わった。ギルドの親方は、工業的中産階級によっておしのけられ、異なる組合間の分業は姿を消して、個々の仕事場自身のなかの分業があらわれた。

ところが、市場は増大し、需要はますます上昇した。工場手工業《マニファクチャ》をもってしても、それに応じきれなかった。このとき蒸気と機械装置とが工業生産を革命した。工場手工業の代りに近代的大工業があらわれ、工業的中産階級の代りに、工業的百万長者、全工業の司令官があらわれ、すなわち近代的ブルジョアである。

大工業は、すでにアメリカの発見によって準備されていた世界市場を作りあげた。世界市場は、商業、航海、陸上交通に計り知れない発展をもたらした。この発展はまた工業に反作用して、それを大きく伸ばした。そして工業、商業、航海、鉄道が伸びる程度に応じて、ブルジョア階級は発展し、その資本を増加させ、中世から受けついだ全ての階級を背後におしやった」と。

マルクスは、アメリカの発見、アフリカの回航という地球上の大きな出来事を持ち出し、その出来事の歴史的意味について考察を展開する。アメリカの発見、アフリカの回航という地球上の出来事は、ついこの間まで鎖国状態であった日本に住む人間、誠之助にはあまりなじみのないことであった。マルクスは広い視野の下に、地球上の大きな出来事をとりあげて歴史を考察している。そしてアメリカの発見の歴史的意味について考察を展開させる。誠之助は同志社英語学校で英語の原書で『米国史』を読んだことはあるがアメリカの発見の世界史的意味については考えたことはなかったし、全く無知であることを知った。誠之助は、マルクスの視野の広さ、歴史考察の鋭さ、明解さに自らの目が開かれていくのを感じた。

マルクスの論述によれば、アメリカの発見、アフリカの回航は、東インドとシナの市場、アメリカへの植民、諸植民地との貿易、交換手段や、また総じて商品の増大をもたらした。このことは商業、航海、工業にこれまで知られなかったような飛躍をもたらし、封建社会内の革命的要素に急激な展開をもたらした。誠之助は「封建社会内の革命的要素」という言葉に知的刺激を受けた。この言葉はマルクスにとっては自明のものであるかもしれないが、誠之助にとっては聞いたことのない言葉で新鮮であった。誠之助は「封建社会」と「革命的要素」について自らの考えをめぐらせてみた。

封建社会は、社会の存立基盤である経済を土地経済においている。封土という土地を基盤にする経済、即ち農業経済を基盤にする封建社会は、その基盤経済が発展する過程において貨幣経済を生み出し発展させる。封建社会における支配者武士階級の位が米の石高によって示されているが、実際の生活は貨幣の金高によって営まれている。何万石の殿様から何石何人扶持の下級武士に至るまで身分や位まで米の石高によって位置づけられている。実際の日々の暮らしは貨幣の額や単位によって営まれている。貨幣経済は封建社会の経済的基盤である農業、即ち土地経済を蚕食している。貨幣経済は土地経済と矛盾する。貨幣経済の主役は商人である。マルクスが封建社会内の革命的要素と称するものは貨幣経済のことであり、貨幣経済の主人公は商人である、と誠之助は理解した。誠之助は、ギルド、工場手工業の内容は学問的正確さにおいて理解してはいなかったが類推はできた。日本にも優れた技術をもつ職人たちがいること、盛んになりつつある商業の存在のことから、ギルドや工場手工業が日本における商工業が相当するものであろう、と理解した。今、自分の住んでいる明治日本の社会においては経済の主人公は、かつての両替商や株仲間ではなく、蒸気機関と機械装置をもつ近代的大工業である。この近代的大工業の主人公―マルクスは司令官と称する―が近代ブルジョアであるとマルクスは言う。封建社会内における革命的要素とマルクスが称するものは近代ブルジョア階級のことであると誠之助は理解した。アメリカの発見は世界市場をつくりあげ、世界市場は商業、航海、陸上交通に計り知れない発展をもたらし、それらの経済活動の主人公ブルジョア階級を発展させ「封建社会内におけるすべての階級を背後におしやった」とマルクスは言う。誠之助はマルクスの論述は明解であり力があると思った。誠之助はマルクスの論述内容を咀嚼し、自分の言葉で要約してみた。

マルクスの論述の骨子は、現代社会の経済的基礎は近代的大工業であり、近代的大工業の主人公はブルジョア階級である、と理解される。近代的大工業が現代社会の経済的基礎であることをマルクスはアメリカの発見とアフリカの回航という歴史的事実と結び付けて論述する。

アメリカの発見は、その広大な土地に膨大化しつつある人口が巨大な需要を生みだし、世界市場を形成する。巨大な需要を充足させるためにはそれに相応した供給能力をもつ産業が必要となる。従来の中世的工業はその巨大な需要に相応した供給能力をもたない。そこに巨大な供給能力をもつ近代的大工業が登場してくる。近代的大工業は蒸気機関と機械装置を結びつけることによって大量の富の生産能力を有する。この蒸気機関と機械装置の所有者がブルジョア階級であり近代的大工業の主人公である。近代的大工業は自らの産出した富を世界に行きわたらせるために商業、航海、陸上交通を発展させた。アフリカの回航はこの発展において未曾有の貢献をした。

近代的大工業の主人公ブルジョア階級は社会の経済的基礎の表舞台に登場し、封建社会内におけるすべての階級は表舞台の背後におしやられた。ブルジョア階級はこのことによって封建社会内におけるすべての階級を消滅させた。

マルクスはブルジョア階級をどのように把握しているか。マルクスは言う。

「ブルジョア階級は、歴史において、きわめて革命的な役割を演じた。

ブルジョア階級は、支配を握るにいたったところでは、封建的な、家父長的な、牧歌的ないっさいの関係を破壊した。かれらは、人間を血のつながったその長上者に結び付けていた色とりどりの封建的なきずなを容赦なく切断し、人間と人間との間に、むきだしの利害以外の、つめたい『現金勘定』以外のどんなきずなをも残さなかった。かれらは、信心深い陶酔・騎士の感激、町人の哀愁、といったきよらかな感情を、氷のようにつめたい利己的な打算の水のなかで溺死させた。かれらは人間の値打ちを交換価値に変えてしまい、お墨つきで許されて立派に自分のものとなっている無数の自由をただひとつの、良心をもたない商業の自由と取り代えてしまった。一言でいえば、かれらは、宗教的な、また政治的な幻影でつつんだ搾取を、あからさまな、恥知らずな、直接的な、ひからびた搾取と取り代えたのであった」と。

誠之助は、マルクスの大胆な断定的な文章にまたもや圧倒された。マルクスはこの文章で「ブルジョア階級が社会の表舞台に登場し、封建社会内におけるすべての階級を背後におしやった」ことの内容について更に考察を深化させる。ブルジョア階級が社会の表舞台に登場することによって、封建的な社会内における人間関係を否定した、とマルクスは言う。即ち、血の絆で結びつけられていた人間関係を「現金勘定」というむき出しの利害によって結び付けられた人間関係におきかえた、とマルクスは言う。ブルジョア階級は、「封建的な、家父長的な、牧歌的ないっさいの関係を破壊し」、「信心深い陶酔、騎士の感激、町人の哀愁といったきよらかな感情を、氷のようなつめたい利己的な打算の水のなかで溺死させた」、「人間の値打ちを交換価値に変えてしまった」とマルクスは言う。ブルジョア階級は、封建社会においては支配、抑圧されていたが、ブルジョア社会において自由になり解放されたが、その自由は良心をもたない商業の自由であるとマルクスは言う。

誠之助は、マルクスは彼の歴史理論にもとづいて現実社会の本質に光をあて、社会の基本構造を明らかにしていると思った。彼の指摘は鋭く、誠之助は社会に対して開眼されつつある自分を自覚した。誠之助は明治日本社会の風景が見えるように思った。日本の社会においてはブルジョア階級とは財閥のことであり、財閥の行動原理が、即ち交換価値追求の原理が自分の今住んでいる日本社会を支配していると理解した。人間と人間は現金勘定において結びつけられている姿の典型がブルジョア階級とプロレタリア階級の関係であり、自分の住む日本社会はこの階級において基礎づけられている、と誠之助は理解した。

ブルジョア社会は、ブルジョア階級自らを解放し、自由になったことによって、階級の対立、即ち圧制と被圧制の対立のない社会を実現したか。マルクスはきっぱりと否定する。マルクスは言う。「封建社会の没落から生れた近代ブルジョア社会は階級対立を廃止しなかった。この社会は、ただ、あたらしい階級を、圧制のあたらしい条件を、闘争のあたらしい形態を、旧いものとおきかえたにすぎない。

しかし、われわれの時代、すなわちブルジョア階級の時代は、階級対立を単純にしたという特徴をもっている。全社会は、敵対する二大陣営、たがいに直接に対立する二大階級――ブルジョア階級とプロレタリア階級にだんだんわかれていく」と。

このマルクスの指摘は、「今日まであらゆる歴史は階級闘争の歴史である」という彼の歴史理論にぴったりとあてはまり、近代ブルジョア社会になっても階級対立はなくならない。今、自分の住む明治日本の社会の現実にも妥当すると誠之助は思った。日本の現実の社会はブルジョア階級とプロレタリア階級という二大階級にだんだんわかれていく姿に見える。誠之助はこの二大陣営の階級闘争の帰結はどうなるかと考えてみた。誠之助は、プロレタリア階級が表舞台に登場しブルジョア階級が表舞台から後退するであろうと考えた。

プロレタリア階級が社会の表舞台に登場して来る論理は、ブルジョア階級が表舞台に登場してくる論理から導かれると誠之助は考えた。封建社会においては被支配者であったブルジョア階級の原形が支配階級を表舞台から背後におしやり自ら表舞台に登場した歴史の論理が、ブルジョア社会において被支配者であったプロレタリア階級が支配階級であるブルジョア階級を表舞台から背後におしやり自ら表舞台に登場してくるという論理に結びつくと誠之助は考えた。誠之助がブルジョア階級の支配する社会がいずれかは崩壊するであろうと考えるのは、ブルジョア社会が血の通った人間の絆によって関係づけられた人間関係を否定する論理によって支配されていることは人間の在り方として不自然であると考えるからである。誠之助は、存在しているものはすべて自然の法則の下にあると常日頃から考えている。この考えは誠之助の医療の大原則でもある。不自然な在り方はいずれ自然の在り方に支配され安定すると誠之助は考える。人間の自然な在り方は人間の血の通った絆によって関係づけられる在り方であると誠之助は考える。「現金勘定」という貨幣価値によって関係づけられた社会は社会としては不自然であり、いずれは崩壊していくべきものであると誠之助は考える。

誠之助は明治三十七、八年頃より『平民新聞』を購読し、時々投稿したりした。「ブルジョア社会は封建制社会において革命的要素として生まれ、成長、発展して、自らを生み出した封建制を倒し、今日の支配体制の主人公になった。」「プロレタリアは資本家制度の下に生まれ、資本家制に内在する最大の問題である多数のプロレタリアの貧困を克服する革命的要素として成長し、資本家制を打ち倒すべき要素として発展する」という論理を確信していった。社会主義の実現は歴史は必然であると考えた。

明治三十九年一月、西園寺内閣となり、二月、日本社会党が結成された。誠之助は日本社会党に最高額の寄付二十円ずつ二回寄付した。しかし、社会党には入党しなかった。党という組織に入ればその組織の規制に従わねばならない。自分の生活は当然に党則に拘束され、時間的にも、精神的にも自らの自由が拘束される。誠之助は、自分の「生の営み」を党組織の枠に閉じこめることを本能的に拒否した。自分の生の内実は、社会主義の思想だけに満たされているのではない。自分は社会主義の思想を許容するが、職業としての医療、文学や哲学等諸々の精神活動の自由の中に生きている。当然予想される党内の派閥や戦略、戦術に関する考えの違いによる集団の形成、それら派閥や集団間の論争やあらそいなど、自分は関わりたくないと思った。社会党内の片山、田添、幸徳などの分裂のあったことを誠之助は既に見ている。誠之助は理論の展開が小さくなっていくことを好まなかった。幼少の頃学んだ『老子』や『荘子』の思想が無限のひろがりをもつ世界に導いてくれた経験は忘れることが出来ない。『老子』や『荘子』の思想は自分を拘束することはなく、その思想の中で自由に考えの限りを求めても、その思想の世界に果てがなく、更に進んでも、その先に更に世界があって、全く自由であった。社会主義の考えは、誠之助の精神活動に許容される中の一部であり、自己の精神に包摂されるものであった。

誠之助は『光』一巻三号（明治三十八年十二月二十日）において次のように書いている。

「されど僕等は社会主義を以て宗教の代用品と為すを好まず、直接に人間の品性を高むる道具なりと思ふ能はず、唯財的制度の欠陥より生ずる民衆の苦痛と罪悪とを除去せんとするに止まる也。」「唯少数階級の手に独占せられたる一切の生産機関を、人類全体の共有と為すに因り、初めて其目的を達し得べきを知る。而して之を為すの捷径は徒らに上層階級より悔悟と憐愍との天降るを俟たず、下層民が自ら団結して活動するにあるを信ずるもの也。」「過去の革命は少数偉人の手によりて為されたりと雖も将来の革命は多数凡人の自覚によりて行はるべし。而して此の自覚を喚起せんとするには、単に冷静なる講座的議論を以て足れりとせず、熱列なる実際運動に出でざるべからず、但だ熱烈の迸しる所往々モッブの弊に陥らざるを保し難し。此点に於て僕等は十分の自由を有すると共に又他の教訓と監視を請はんとするもの也。」

誠之助は、社会主義運動家のように全人的に社会主義と関わらなかったが、社会主義に対しては常に関心を失うことはなかった。

（十）　各地の社会主義者との往来

誠之助は社会党や社会主義者に対して経済的に支援した。

『平民新聞』が廃刊になって失職し、社会主義者ということではどこも雇ってくれない青年について、誠之助は幸徳や堺から世話をしてくれるように頼まれた。誠之助はこの二人の依頼を快諾し、宇都宮卓爾（二十三歳）と百瀬普（十八歳）は誠之助の世話になることになった。この二人はのちに赤旗事件の被告となったが、新宮へ来た時は中央の社会主義者といっても、ともに無名の青年であった。

二人は明治四十年四月二十三日に新宮に着いた。百瀬は、森近運平が『大阪平民新聞』を出すことになったので、それを手伝うため五月十四日に大阪へ出発したが、宇都宮は、四、五ヶ月は誠之助のところで寄食した。

森近運平は、『大阪平民新聞』を創刊して間もない頃、取材に、執筆に、編集に、発行にとほとんど一人できり廻すので過労となり、休養のため新宮訪問を誠之助に打診してきた。森近は、百瀬が温暖な南紀新宮ですごした三週間の話を聞き、大石の懐の深い、駘蕩とした人柄の許でゆったりと気を安めることが出来た経験を耳にし、新宮の大石がどんな人物であるか一度会ってみたい気がした。そして駘蕩た人物の許で身心を安めて歓談の時間をもってみたいと思った。誠之助はこの申し出を快く引き受け、新聞発行後、少しは時間の余裕が出来るであろう四、五日ぐらい新宮に遊びに来るように声をかけ、「新宮で一緒に演説会でも開いてみませんか」と手紙を書いた。東京を離れ大阪で孤軍奮闘の森近は、大石のあたたかい手紙を受け取っただけでも勇気が出た。森近は九月二十日頃に時間の余裕が出来たので、南紀新宮へ向け大阪を出発した。風浪になやまされながら二十二日新宮に着いた。誠之助は森近を快く受け入れ、早速に翌二十三日の夜、末広亭で演説会を開いた。聴衆は三百人ほど集まり、成石平四郎は「新刑法に対する所感」、誠之助は「熊野怪物論」、森近は「真の文明」の題で演説した。誠之助は新宮の交通問題をとらえ社会主義を説き、森近は直接行動論と議会政策の併用論を説いた。森近は、紀州といっても僻地にある陸の孤島のような新宮の町で三百人ほども演説会に集まったことに感激した。新宮で身心とも休もうと思って来てみたが休むどころか、自分より勢いのある、しかし激しさを感じさせない、大洋の大きなうねりのような大石氏の気にのみこまれた。

しかし、演説してみると今までの疲れがぬけたように思った。大石氏の演説はゆったりとしていた。演説会に集まった人たちに語りかけるような気味があり、ともに考えるような人をつつみこむ雰囲気があった。森近は自分はこれまで人に教えるような気味で言葉を発していたのではあるまいか、自分の言葉を媒介として共に考える場を創造する心を欠いていたのではあるまいかと反省の気持ちにとらえられた。大石氏の演説を聞いたあと自分が演説してみると、自分が大石氏の気にのみこまれて大石氏の語りかけるような調子に自分の演説がなっていることに気づいた。語りかけ、ともに考える、これは自分に欠落していたことだと思った。森近は新宮に来て身心を休めることよりも、大切なことを学ぶことができて、かえって元気になった気がした。貴重な体験であった。

森近運平が大石宅に滞在中の六月二十二日に赤旗事件が起った。土佐中村にいた幸徳秋水は赤旗事件の報告を受け、ひとり郷里で安閑としていられなくなった。入獄者及びその家族をも見舞い、迫害の様子を視察し、兼ねて『パンの略取』出版の周旋もしたいと思って、明治四十一年七月二十一日、幸徳秋水は土佐下田港を出航し、上京の途に着いた。途中、高知、神戸、兵庫、勝浦により二十五日新宮の大石宅に着いた。幸徳秋水は誠之助に種々運動の相談するつもりであった。ところが、二十五日に新宮に着いた時、長途の航海でまたまた病気がわるくなり、動くことができなくなってしまった。秋水は、土佐と紀州の荒浪に揉まれて身体が大分弱ってしまい、加えて折からの炎暑烈しく、船内の空気は淀み息苦しく、耐えがたいほどであった。秋水はひたすら新宮は大石宅に近づくのを待つのみであった。誠之助宅で滞在療養、禄亭一家の親切は言葉につくせないほど有りがたかった。ここでは毎日の服薬の他に為すこともなく、裸体で寝ころんでいた。秋水は何の気遣いもなく自分の家にいる以上に安らかな時間をもった。秋水は誠之助の人物を思い、その大らかな心に身をまかせた。秋水のこれまでの人生においてこれほど静かな時間をもてたのは初めての経験であった。秋水は居心地がよいまま半月ほど誠之助宅に滞在し、治療してもらった。秋水は東京のことが気になりながらも、誠之助宅では和んだ時間の中にいた。権力者や富豪はもとより、世間一般から蛇蝎の如く嫌われている社会主義者でも、身心ともに癒される場がこの大石宅にはある。秋水は、自分にはこのような人間をつつみこむ場、心が和む場を醸し出すことはできないと思った。秋水は人柄というものの価値を知った。

秋水は大石方に滞在中、新宮の同志、成石平四郎、高木顕明、峯尾節堂ら、大石の友人沖野岩三郎らの来訪を受けて、直接行動論について話したりした。

誠之助は、幸徳を熊野川の舟遊びでもてなした。幸徳は誠之助の心遣いに涙がにじむほどに感謝した。社会主義運動に身を投じて以来、このようなあたたかい心遣いに出会ったことはなかった。人間の心のふるさとを忘れる日々の連続の中に自分はいた。つねに前を向き、その前には克服すべき相手がいる。一つ所にとどまって身のまわりに目をやることのない日、その連続であった。秋水は誠之助のこの心遣いに自分に目を向け、自分のふるさとを感じた。幸徳は素朴な気持ちになった。そして、長い間ふるさとに置き忘れて来た人間のぬくもりを取りもどした気分になった。

誠之助は、どうした訳か招待した客が見えないので、用意した舟の大きさがさびしいので長女の鱶、また幼児であった長男の舒太郎、つきそいの女中を連れて舟に乗りこみ、沖野岩三郎、中口光次郎（誠之助の妻の姉の夫、薬種商）、幸徳秋水、誠之助、それに舟頭を入れて結局八人が舟上の人となった。秋水は手のとどきそうなほどの近さに見える熊野川に目をやった。郷里土佐中村の四万十川を想い、幼児の頃の風景が甦ってきた。社会主義運動に身を投じて以来、郷里を想うこともなく、ましてや幼児の頃をふりかえることもなく、中村の風景を忘れかけていた。秋水はゆったりとした時間の流れに身をまかせた。秋水は自分が呼吸していることを実感した。大石の子供たち、長女の鱶の目は澄んでおり、美しかった。幼児の舒太郎は女中に抱かれて川の向こうを見ていた。秋水は目を細めて子供たちを眺めた。静かな時間であった。そして懐かしい一時であった。中村で見る四万十川は川幅が広く流れはゆったりとしていたが、ここ熊野川は両岸に山がせまり流れは急であった。川は蛇行し、岸の景色は次々とかわる。見上げれば山には、遠く近くに家々が点在していた。秋水はそこに住む人たちのくらしのことを思った。しかし、東京のことはつねに頭から離れることはなかった。秋水は帰りの舟の中で「爆裂弾の製法を知っているか」と誠之助に尋ねた。誠之助は「そんなことは知る訳がない」と答えた。秋水は誠之助の博識をいささか当にして聞いてみたが誠之助の返事はやはりだめであった。その翌日、誠之助は秋水に英書の新百科事典があるから調べてみてはどうかとそれを貸してくれた。秋水は一、二ヶ所を見たがわからなかった。

秋水が新宮に来たのは、今後の東京の活動について誠之助に相談にのってもらうためであった。秋水は、入監者の家族などを救助したり、入監者への差入することや、雑誌を出すとか、自分の私生活に関すること、などについて相談した。誠之助は誠意をもってこの相談にのってくれた。大石が舟遊びにこの地の然るべき人たちに声をかけたがその招きに応ずる人はほとんどいなかった様子を秋水は知っていた。紀州の陸の孤島のような僻地である新宮の小さな町に、世間で蛇蝎の如く嫌われている社会主義者、それも社会主義者たちのリーダー格の自分が大石宅に居候していることはすぐに地元の人に知れわたっている筈である。誠之助に招かれた人たちもこの招きに応ずる勇気をもたなかったことは秋水にも察しがついていた。そんな状況において誠之助は平然としており、その上に自分の相談にものってくれ、しかも相談内容に応じてくれた。秋水は誠之助の親切心に深く感謝し、誠之助の人物の大きさを思った。

秋水は八月八日、三輪崎より乗船して帰途についた。九月になってから誠之助は秋水に機関誌発行の資金として百五十円を送った。秋水はこの送金を誠之助の了解を得て『麺麭《パン》の略取』を平民社訳刊として刊行する費用にあてた。

誠之助は旅行が大好きであった。毎年一回ぐらいは旅行した。人類学や民俗学など専門外にも多く興味をもっていたのと、無類の食通であり珍味佳肴を味わいたく旅に駆りたてることもあった。旅は国内だけでなく、海外ではアメリカ西部海岸、カナダのモントリオールからバンクーバー、アジアではシンガポール、マレー、インドにも足を運んだ。診察室には世界地図を掲げて曽遊の地を想い出したり、これから見たいと思う支那の奥地やアフリカの地に足を踏み入れたような空想に時々ふけった。また、各地への旅行は見聞をひろめ、僻遠の地である新宮に居住することからおこる、井の中の蛙となることを防ぐためのものでもあった。旅行の多くは、秋季におこなわれた。蜜柑が黄色くなるときは医者は青くなるといわれ、秋は人々が健康で医者は閑散となるからであった。

明治四十一年も十一月を選んで、この時は東京に旅に出た。秋水が新宮を訪れた八月から三ヶ月後の上京である。上京の目的は業務上の視察や新しい医療器具の購求、それに道楽であった情歌の仲間を訪問することであったが、今回の旅行では秋水の来訪に応えての往訪の意味もあった。更に赤旗事件での入獄中の遺家族慰問もその目的に入っていた。誠之助は例年の通り、まず文雅の友である椎橋松亭を真先きに訪れた。松亭とは明治三十六年十月上京し、十一月一日、師匠の鶯亭金升の主唱により大石禄亭歓迎情歌大会が開かれた時以来の懇意の間柄である。

誠之助はこの時にも直ちに椎橋邸に赴き一週間も厄介になった。情歌制作は控えていたが、雅友との交歓は心を柔らかくしてくれた。椎橋邸では何の気兼ねもなく、寛いだ時間をもつことが出来た。十一月十二日、椎橋方から東京控訴院の赤旗事件の控訴審の傍聴に行った。赤旗事件は山川均と大須賀里子だけが控訴していた。十五、六日に一度、秋水方(巣鴨平民社)へ顔を見せに訪問したのち、十九日は泊まりがけで訪問した。当時の秋水方では大阪の堀川監獄を出てきた森近運平が上京して同居し、また坂本清馬が書生をしていた。赤旗事件でおもな同志が入獄していたが、残った同志が秋水方に集まり、革命談に花を咲かせて鬱を散じていた。

十一月二十二日、秋水は在京の同志を招いて、大石歓迎の茶話会を開いた。その日の午後、守田文治、岡野辰之助、徳永保之助、竹内善朔、戸恒保二、川田房吉などが集まった。翌二十三日、熊本の松尾卯一太が土地復権同志会の宮崎民蔵とともに秋水を訪問してきたので、誠之助もその場にいて暫くぶりにあった挨拶をしただけであった。そして、その日は誠之助は椎橋方へ帰り、二十六日の夜に東京駅を出発し、二十七日に京都についた。

秋水方へきた十一月十九日、誠之助は秋水を診察した。誠之助は診察の結果を秋水に伝えた。「養生がよければ天寿を全うすることができる」と。秋水は誠之助の思い遣りのあるその言葉を聞いて熱い涙がこみあげてくるのを抑えて言った。「有りがとう。精々養生につとめることにしよう」と静かに答えた。秋水は自分の身体が養生しても長くはもつまい、と長年の患いの経験から本能的に知っていた。森近運平も秋水の状態から察して誠之助の言葉をそのまま受け取ってはいなかった。森近は秋水のいないところで誠之助にしつこく聞いた。誠之助は止むを得ず答えた。「秋水の病気は腸間膜結核である。養生さえよければ天寿を全うすることが出来るが、秋水のように貧乏で相当の栄養を摂らずにいては二、三年の外保たないであろう」と。誠之助はその後も新宮から薬を送った。

明治四十二年四月はじめから八月二十日にかけて、秋水にたのまれて、新村忠雄が誠之助の食客となった。この新村が宮下太吉や管野スガらと手紙のやりとりをし、大石方から爆裂弾の原料である塩酸加里一ポンドを宮下に送った。

明治四十二年八月一日、赤旗事件で獄中のにいる堺利彦から『資本論』その他マルクス・エンゲルスの英書の購入と差入れを頼まれた。誠之助はこの依頼に快く応じそれを果した。堺は誠之助の好意にあまえ、我儘をついつい言ってしまう。誠之助には大道無門の風があり、堺はまた頼みごとを言った。「それから今一つ君に頼みがある。今月末に百瀬が出獄するが、君、今一度彼を引取って呉れ玉はぬか。僕はふと彼を医者にしてみたらと思いついた。彼は理解力を持っているし、落付いては居るし、物事に綿密で器用である。僕は屹度ハマリ役だと思う。君の手元で薬局生にでも使いながら、何とかして一人前の医者に仕上げる工夫はあるまいか。一つ考えて見て呉れ玉え」と。百瀬の再度の新宮行きは実現しなかった。

誠之助は、堺だけでなく、一宿一飯の関係ある百瀬や宇都宮をはじめ、他の被告人にも差入れをした。差入れだけではない。堺の妻である為子が困っているということを聞いて数回にわたって二十円宛を送った。また、秋水にあって赤旗事件救援カンパを送り、秋水は内山愚童その他に配分して差入れをした。誠之助は、また、西川光次郎が電車賃値上反対騒擾（兇徒聚衆）事件で入獄中に留守宅へもカンパをした。カンパを受けた人たちは誠之助の行為にしみじみとしたぬくもりを感じた。誠之助の人柄は、これらの人たちに、親切をうけたことに対して負い目を感じさせることは決してなかった。

第二章　大逆事件

（一）労働者　宮下太吉

(1)　労働者宮下太吉は、明治八年九月三十日、甲府市若松町に生まれた。小学校の補習科を出て、十六歳の時に、貧しい農村の子弟が生きる道を求めて都会に出ていくのと同様に、郷里を離れて都会の工場に流れ込んでいった。

宮下は頭脳はよく研究心も旺盛でよく働いた。自分が働いている工場の機械について研究心を燃やし独力で勉強した。勉強は面白く、自分が関わっている機械についての勉強だけでは満足できず、機械一般についても勉強の範囲を広げ、深めていった。勉強したことは全て自分の頭脳におさまり、知識が自分のものになり増えていく。機械についての知識は、機械の理論の背景になっている物理学や数学など自然科学の理論にも扉を開き、学問の面白さ、理論世界の奥深さにめざめていった。上級学校へ進むことが出来る裕福な家庭の子弟は学問への門が開かれていたが、宮下は上級学校へ進むことができなかった。そのことに不満の気持ちが心のどこかにかすかに生じた。折にふれて、上級学校でより幅の広い勉学ができ、高度な理論に頭脳を使っている裕福な家庭の子弟のことをうらやむ心がおこるのを消すことができなかった。

宮下は、都会に出てきても何か心に満たされないものを感じていた。はじめに勤めた大日本車両会社の熱田工場で働いている時、熱田遊郭に出入りして、酒と女の刺激に身を委ね、ゴロツキの仲間に入り、くずれた生活をしていた。心が満たされないままに生活していても頭のどこかに冴えた頭脳が自分を冷やかに見ていた。今の暮らしから抜け出なければならない。宮下は、暮らし振りにふしだらなところがあっても会社での仕事はきっちりとつとめた。有能な宮下は、東京、大阪、神戸、名古屋の大工場を渡り歩いているうちにだんだん鍛えられて、腕のいいりっぱな機械工になっていた。

明治三十五年ごろ、思い切って職場をかえ、亀崎の鉄工所に入った。この会社は明治二十七年に創立された鉄工所で、製材の機械や蒸気機関をつくるために、工員、徒弟あわせて百人近くの労働者が働いていた。宮下は、ここで四、五人しかいない出張員の仕事をあてがわれた。出張員は、よほどの技術が必要で、誰にでもできる仕事ではなかった。当時の日給は、職長が一円、伍長格の労働者で六十銭、出張にでかけた時は食費が向う持ちで、六銭の割増がついた。三円で下宿のできた時代であったから、宮下の生活は労働者としてはかなり恵まれていた。しかし、労働者の中には機械にはさまれて指を失ったり、脚をおとしたりして重傷を負う者がいる。重傷を負った労働者は職を失い、治療費の負担もできない。会社は彼等労働者に対して何の保障もしない。会社は十割から十五割の配当をつづけている。労働者の悲惨さと十割から十五割の配当をつづける会社とが、宮下の心の中で結びつかない。宮下は重症を負った労働者とその家族の顔を想い、これからの苦しい彼等の暮らしのことを思った。そしてこれら悲惨な労働者のことは頭からはなれることはなかった。悲惨な労働者の状況は自分の勤めている鉄工所にのみあるのではなく、日本全国の鉄工所をはじめその他の工場においてもあるにちがいない、と宮下の想像はひろがっていった。

宮下は、出張員の仕事で各地をまわって、鉄工所以外の人とも知り合いになり、視野がひろがっていった。その知り合いの或る人から『日刊平民新聞』（明治四十年一月創刊）のことを教えられ、その新聞を手に入れて読んでみた。その新聞は普通の新聞とはちがっていた。普通の新聞には世の中の出来事そのものが書かれているが、その新聞には世の中の出来事についての考えや説明、解説が書かれている。宮下が手にした新聞には、今の自分の身のまわりのこと、自分が今考えていること、そして充分にわからないことについて書かれていた。宮下は、今の自分にとってこれほど有益な新聞はないと思った。宮下は『平民新聞』について調べてみた。

そして、いろいろのことを知った。

①『平民新聞』は日露戦争の危機切迫した一九〇三年（明治三十六年）十月『萬朝報』を退社した幸徳秋水、堺枯川等が、社会主義、特に非戦論主張のために発行した週刊新聞であった。

それは同年十一月十五日の創刊から規則正しく毎日曜日に発行し、一九〇五年（明治三十八年）一月二十九日第六十四号に至って官憲の圧迫のために自ら廃刊した。

『平民新聞』はなくなったが、平民社はその活動を止めなかった。これより一年前、加藤時次郎が主唱して作った直行団は『直言』を発行していたが、平民社は『平民新聞』廃刊後、明治三十八年二月五日発行の『直言』を第二巻第一号とし平民社の機関誌とした。ところが、これも同年九月十日、第三十二号限り発行禁止となるに及び、平民社も内部紛争が爆発して解散に至った。第一期平民社はこのようにして姿を消した。しかし、平民社内部の、社会主義の正統派、即ち唯物史観をとる派のものは『光』に、基督教派のものは『新紀元』の発行をもって機関誌とした。

『光』の発行前に渡来した幸徳秋水が半年後、帰国し、再び平民社を組織して『新紀元』と『光』を合併し、日刊『平民新聞』発行となり（明治三十九年一月十五日）、更に分裂して片山潜、西川光二郎等は『社会新聞』を発行し、幸徳秋水等は森近運平主筆の『大阪平民新聞』を支持する態度に出て、唯物史観派は細々ながらこの新聞に命脈をたもった。

宮下は、あの重傷を負って失業した労働者の側に立つ新聞『平民新聞』のあることを知った。そして『平民新聞』の発行が官憲によって禁止されるに至っても、新聞の発行母体である平民社は活動を止めることなく、唯物史観に立脚して社会主義運動を続けている姿に心を動かされた。

②宮下は週刊『平民新聞』を借りて読んでみた。明治三十六年十一月十五日第一号、一頁の宣言文が、まず宮下の心をとらえた。

一、自由・平等・博愛は人生世に在る所以の三大要義也。

これはなんという高邁な言葉であるか。宮下は、これまで悲惨な状況にある労働者に同情し、その労働者に何ら手をさしのべることなく十割も十五割もの配当を行っている会社を憎んできたが、人間を高め、理想に尊く言葉や精神に欠けていたことを知らされた。同じ現象を見ても、その現象を高邁な精神で捉え、美しい言葉で表現することを知らなかった。この新聞は並の新聞ではないと思った。宮下は新聞の本文を読んだ。

一、吾人は人類の自由を完からしめんが為に平民主義を奉持す、故に門閥の高下、財産の多寡、男女の差別より生ずる階級を打破し、一切の圧制束縛を除去せんことを欲す。

宮下は、「門閥の高下、財産の多寡」については自分のことが言われている思いがした。自分の家が貧しいために上級学校に進むことができなかった。このことは、かつてほどではないにしても今でも心のどこかに上級学校に進んだ人たちをうらやむ気持ちとして残っている。この文章は、自分が人を「うらやんだり」「うらんだり」していたことを「人類の自由」と結びつけて正々堂々と主張している。宮下は自分がなんと情けないことであったか、と恥ずかしく思った。宮下は自分の思想の貧しさ・精神の卑しさを思った。

一、吾人は人類をして平等の福利を享けしめんがために社会主義を主張す、故に社会をして生産、分配、交通の機関を共有せしめ、その経営処理一に社会全体の為にせんことを要す。

社会主義の理念は「人類が、すなわちすべての人が平等の福利を享けられるような社会を実現すること」であると、この宣言文は云っている。宮下はこの文章の明快さに気分が晴れる思いがした。社会主義という言葉は知っていたが、他の人にわかりやすくその内容を説明できるほどに知ってはいなかった。「人類平等の福利」と云う言葉は宮下の心の中にくすぶっていた靄《もや》をはらしてくれた。この理念実現のためには生産、分配、交通の機関を社会の共有にして経営処理を一つに統一し社会全体のためにする必要があると宣言文にある。これは大胆な言葉であり理屈の上では筋が通っていると思ったが、その実現性においてまだ現実との距離を感じた。さりとて自分は「人類平等の福利」と云う言葉に背を向けて生きることはできないと思った。宮下は社会主義についてもっと知りたいと思い『平民新聞』を読んだ。自分以外の人たちが社会主義についてどう考えているか、宮下は「予は如何にして社会主義者となりし乎」という記事に注目して読んでみた。

第六号（明治三十六年十二月二十日）

「予は生を享くる茲に廿有余生、久しく片田舎に在りて狭隘な天地の外、社会の何者たるを知らざりしが、去九月出京以来、一方には人爵を恃み街頭驅馬を駆りて得々たる貴族を見、四隣丈余の高塀を繞らし中に酒池肉林の奢侈に耽れる富者を見ると同時に、他方に於ては累々として喪家の狗の如き労働者を見、目のあたり衣食の道に窮せる車夫を見て、社会が如何に不平等不均一なるかを慨せざるを得ざるなり、予が社会主義を信ずるに至れる動機は実に此に在り」

第七号（明治三十六年十二月二十七日）

「私は、小時から家庭の不和より来る苦痛と云ふ事を最も多く心に感じた一人です。そして其原因が金に在る事を知りました時に、実に金が欲しいと思ひました。金を以て社会の多数を其家庭の不和より免れしめたいと思ひました。此心が年をとるにつれて、慈善を為すよりは寧ろ慈善を要せざる社会を作りたいと思ふ様になりました。……

此書面を書き終わった時、何となく責任の増した様な気がしました。」

第八号（明治三十七年一月三日）

「予は貧家に生まれて学問せざる為、職を求めてより既に五星霜を経るも妻子を養ふ能はず、日給取を以って生涯を終わらざるを得ず、予の奉職する所は一ヶ月分の事務を分担せしめ、病気の為め数日乃至十数日欠勤すれば、欠勤中は給料を支給せられず、而して其欠勤中の事務は後に之を整理せざる可らず、余りに人を無視したるにあらずや。斯くの如き境遇は終に予をして此社会の改良せざる可らざるを悟らしめ、従って社会主義の信者とならしめたり。」

第九号（明治三十七年一月十日）

「①余の社会主義者となりし動機は（第一）貧家に生れて学費なく小学校を中途に退学して某役所の給仕となり幼より種々なる困難に出逢ひし事、（第二）其役所に三十余年間勤続せる七十二になる小使には恩給の制なく、家族扶助料の制度もなきを見たる事、及（第三）隣家に奉公せる親もなく親類身内もなき下女が、ドヲしてか懐胎し、子供の処置を心配して堕胎せし為め、監獄に投ぜられしを見たる事等なり

②私が某地に下宿して居た時の事でした。近所に車夫の一家族が住で居て、十三になる男の子を頭に夫婦共五人の家内であった。車夫は随分勤勉な方で能く働くが困窮は十重二十重に

其一家を囲んで、遂に十三になる男の子を退学させて外に奉公せしむるに至らしめた。其時其の妻が私の所に用があって来た序に『うちの人も随分働くのですが、毎日やっとの事でお米の代にしかならない、で、とてもあの児を学校に入れて置く訳には行かないのです。学校の成績は可なり善い方ですから今ミッチリ学問させて置けば、後で屹度私等夫婦が楽に暮せるのですが、悲しいことにソヲは参りません。あの児も可哀そうに残念がって毎日泣いてばかり居ります』と涙ながらに話されたことが深く胸に残って忘れられない、余を社会主義に導いた最初の手引はこの惨話です。」

第十号（明治三十七年一月七日）

「①僕は曽て罪悪を犯したるの覚へなく又同胞を泣かしたることもなく誠心誠意労働勤勉して居るも多年間一日も安楽に消光せしことなく苦境にのみ呻吟して居りますが或時の田島博士の生産論分配論を聞きまして僕の今日ある否多数同胞の僕と同一の境涯にあるは全く現社会組織の当然の結果で決して偶然でないことに初めて気が付き次で萬朝報にて秋水枯川両兄の感化を受け尚秋水兄の神髄阿部君の主議論を拝読して遂に社会主義の一信者となりました。②多数者をして幸福に生活せしむると云ふことが人間界で一番貴き目的であると思ひ如何にせば此の目的を達することの出来るかと常に心掛けて読書し殊に萬朝報や雑誌社会主義や家庭雑誌や社会主義神髄等を読みし結果社会主義より外に多数者に幸福を与ふるの道なきことを知り遂に斯主義を尊奉することとなった。」
第十三号（明治三十七年二月七日）
「私は初め仏教の信者でありましたが、僧侶が貧乏人の虐待され居る人々等に向って『何事も前世の因縁だから』と説き、又乱暴なことをして富を得た人々を弁護して『これと云ふも善因あってのことじゃ』と説くを聞いて仏教がイヤになり、後孟子墨子を読んで王者庶人の区別なき理を知ると共に衣食住の不平等も非理なることを知りましたが、之が社会主義であることを知ったのは片山潜氏が当地へ遊説せられた其演説を聞いてからのことであった。」
宮下はこれらの文章を繰り返し読んだ。宮下はさまざまな人の声を聞いた。
①「社会が如何に不平等不均一なるかを慨する」声。
②「慈善をなすより寧ろ慈善を要せざる社会を作りたい」と思うようになり、この書面を書き終えた時「何となく責任の増した様な気がしました」という声。
宮下はこの声の主の人柄にやわらかい心が宿っていて誠実さが伝わってくるのを感じた。

「慈善を要せざる社会を作りたいと」と言うだけでなく、そのことを他人にまかせてしまわないで、社会の一員として自分が出来るだけのことをしなければならない責任を感じる声の主、宮下はその人柄にほのぼのとしたものを感じた。
③「日給取の生涯を終えようとして尚貧しく、妻子を養うことが出来ない賃金労働者」の声。
「幼少の頃より七十二歳になるまで長年役所の小使としてはたらいてきても恩給の制も家族扶助料の制の恩恵に浴することのない老いたる労働者」の声。
④「勤勉でよくはたらく車夫は、依然として貧しく、困窮状況から脱することができず、ついには勉強のよくできる子供を小学校中退させ奉公に出さざるを得ない。」「うちの人も随分働くのですが、毎日やっとの事でお米の代にしかならない、で、とてもあの児を学校に入れておく訳には行かないのです。」という妻の声。
「あの児も可哀そうに残念がって毎日泣いてばかり居ります」と妻は続ける。宮下は子供の泣いている姿を想い、哀れ胸に迫り、涙にじむを禁じ得なかった。
⑤「誠心誠意をもって長年労働勤勉しても一日として経済的に苦しさから逃れることのない労働者」の声。
この労働者は知性あるものと見え、田島博士の生産論分配論を聞いたり、萬朝報を読み、秋水枯川の考えに感化され、さらに秋水の『社会主義神髄』を読むなどしている。

宮下は、労働者の中には『社会主義神髄』を読む人がいることにおどろいた。この人は自分が苦しい境遇にあるのは自分の落度より生じたのではなく社会組織にその原因があることを知ったと云う。宮下は、自分が知識において、考えの深さにおいて、明快な言葉を発することにおいて、この声の主にははるかに及ばないことを感じた。

⑥「衣食の不平等は非理である」という言葉は何という明快な、何の説明も要しない言葉であることか。宮下はすっきりとした気持ちになった。

これらの声一つ一つは労働者の問題、人間の問題を具体的に訴えている。宮下はこれまで労働者の問題を大雑把にしてしか考えてこなかった、とこれらの声を聞いて思った。小学校を中退して奉公に出なければならない子供のことが頭からはなれない。こんな世の中であってはならない。宮下は社会主義についてもっと勉強しなければならないと思った。『社会主義神髄』を是非読んでみようと思った。

宮下はできるだけ時間をつくって社会主義や労働者の団結や組合についての本を読み、視野をひろげ、考えを深めていった。宮下は仕事にも増々熱心に励んだが、社会主義、無政府主義に関する勉強も怠らなかった。その勉強の過程の中で人々との知り合いが広がっていった。ある早稲田大学の人から社会主義者森近運平のことを聞かされ、機会があれば一度会ってみてはどうかと言われた。宮下は会社から大阪方面に出張を命じられたのを機会に森近運平を訪ねてみることにした。明治四十年十二月十三日、北区上福島北三丁目百八十五番地に住む大阪平民社の森近運平を訪問した。

(2)　森近運平は明治十四年一月に岡山県後月郡高屋村で生まれた。明治三十三年三月岡山県立農学校を卒業し、同年八月専売局属に任ぜられ、同三十四年五月依願免官の上、更に農商務省農事試験場（山陽支場）雇となる。同三十五年二月には岡山県技手兼属に任ぜられ九級俸を給せられ、同三十六年十二月八級俸に進む。当時県下に於て地主と小作間に小作米減額の件に付いて紛擾が起こり、県当局は之が解決方法を講じ、運平も亦農商掛としてその対策に腐心していた。地主と小作の関係がある限り、この問題はつねに起こり得るのであり、この関係をなくせばこの問題は起り得ないと森近は考えていた。偶々、幸徳伝次郎の著書『社会主義神髄』を一読して、このような問題は現今の法律制度の下にあっては到底解決の途なく、社会主義の発達を計って総ての土地を社会の共有、又は公有となす外に良策はないと確信するに至った。

『社会主義神髄』。森近運平がこの著書を手にしてまずおどろいたのは、幸徳秋水がこの著書を執筆するに際して参照した文献が外国語のそれであったことである。

Marx, K. & Engels, F. Manifesto of the Communist Party.

Marx, K. Capital: A Critical Analysis of Capitalist Production.
Engels, F. Socialism, Utopian and Scientific.
Kirkup, T. An Inquiry into Socialism.
Ely, R. Socialism and Social Reform.
Bliss, W. A Handbook of Socialism.
Morris, W. & Bax, E. B. Socialism: its Growth and Outcome.
Bliss, W. The Encyclopedia of Social Reforms.

森近は農学校で多少の勉強もして、ある程度の書籍は読んでいて、知識や読書には自負をもっていたが、外国語の文献を多く読みこなした経験はなかった。幸徳秋水は、少なくともこれだけの外国語の文献を読みこなし、一冊の著書をものにした。森近は、幸徳秋水の勉強ぶりと才能におどろいた。幸徳は自分より十歳年長であるとはいえ、これほどの学問の蓄積があるのに自分の自負は吹き飛ばされた。森近はこの著作を通じて偉大な先輩に出会った思いであった。森近は心をときめかして早速本文を読んだ。

緒論は次の文章で始まっていた。

「クロムウェルと言ふこと勿れ、ワシントンと言ふこと勿れ、ロベスピエールと言ふこと勿れ、若し予に質するに古今最大の革命家を以てする者あらば、予は實にゼームス、ワット其人を推さずんばあらず。彼れ夫れ一たび其精緻の頭脳を鼓して進化の秘機を捉来し、之を人間の眼前に展開するや、世界萬邦物質的生活の状態は、俄然として為めに一変を致せるに非ずや、嗚呼彼所謂殖産的革命の功果や真に偉なる哉。」

秋水は古今最大の革命家としてゼームス・ワットの名を挙げる。その理由はワットが世界の物質的生活状態を一変させたことに求め、秋水はこれを殖産的革命をもたらしたと言う。クロムウェル、ワシントン、ロベスピエールといった人間関係、社会関係、即ち支配者と被支配者の関係における革命に貢献した者たちよりも生産力を革命的に増大させるのに大きく貢献したワットの名を秋水は上位におく。

森近はワットの名は農学時代において既になじみのある名であったが、彼が生産力を革命的に増大させたことに最上位の価値をおくという発想とは結びついていなかった。森近の認識はワットの名は蒸気機関と結びつけられ、工学的な発展に大きく貢献した者としての認識にとどまっていた。秋水の言葉は、ワットの工学的な貢献を物質的生産力と結びつけて、生産力を革命的に増大させたことにワットの名を冠している。秋水の言葉は森近にとって考えたこともないほど斬新であった。農学校では人間と自然との関係において機械や技術の発展、進歩については学んだが、その技術のもたらす物質的生産力については、ほとんど言及されることなく講義がなされていた。秋水はワットの発明がもたらした技術が物質的生産力を革命的に増大させた貢献に着目する。秋水はワットの貢献の重要性をはっきりと指摘する。森近は秋水の感覚の鋭さに驚嘆した。

秋水は続けて言う。

「蓋し、今の紡績や織布や、鋳鉄や、印刷や、其他百般工技の器、鉄道や、汽船や其他百般交通の具、之を望めば恰も魍魎の如く、之に就けば恰も山獄の如く、然り。而して此等の機器の常に自在に駆使せられ、無礙に運轉せらるるもの、唯だ蓬々然たる蒸気一吹の力に由れることを思ふ。其術何ぞ爾く巧にして其能何ぞ爾く大なるや」と。

秋水は、蒸気一吹の力によって百般の工技の器、百般の交通の具が自在に駆使せられることを思う。そして機器の発明及びその改善によって生み出された殖産的革命の功果は「實に其殖産の饒多に、その交換の利便なるに在らざる可からず」と述べる。

森近は秋水の韻を含んだ格調ある文章にも自分の心が和していくのを感じ読み進んだ。

秋水は、生産力発達の程度及び比率についてイリー教授の言葉を引用する。「或種の産業は為に十倍せり、或種の産業は為に廿倍せり、更紗の生産の如きは、優に百倍し、書籍の版行の如きは優に千倍せり」と述べ、更に言葉を続ける。「而して是等饒多の財富が世界各地に運輸され交換さるるや、亦自在と敏活とを極む。蛛網の如き鐵道航路は、以て坤輿を縮小すること、幾千里、神経系統の如き電線は、以て萬邦を束ねて一體と為す。濠洲に屠れる羊肉は直に英人の食膳に上る可く、米國にて作れる綿花は遍く亞細亞人の體軀を纏ふ。緩急相依り、有無の相通する、有史以来實に今日より盛なるは莫し。」

秋水はイリー教授の言葉を借りて生産力の発達の姿を格調ある文章にのせて述べる。富を生産する能力が革命的に高まり、生産された富が世界各地に運ばれることは人類にとって慶すべきことである。秋水はこの慶すべきことに疑問をなげかけて述べる。

「試みに一考せよ。近時機器の助けあるが為めに、吾人生産力が十倍、百倍、時として千倍せることは、即ちこれ有り。然らば、則ち世界多数の労働者は、殖産的革命の以前に比して、大に其の労働の時間と量とを減じ得可き理也。而も事実は之に反す。彼等は依然として永く十一、二時間乃至十四、五時間苛酷の労働に服せざる可らざるは何ぞや。奇なる哉。」

「又一考せよ。近時千百倍せる饒多の財富は、運輸交通の機関の助けあるが爲に、世界の一隅より一隅に至る乞、自在敏活に分配貿易せらるることは、亦真に之れ有り。然らは則ち世界多数の人類は、衣食大に餘りて、洋々大平を謳歌し得可きの理也。而も事実は之に反す。

彼の口糟糠だにも飽かずして、父母は飢凍し、兄弟妻子離散する者、日に益々多きを加ふるは何ぞや、奇なる哉。」

「人力の必要は省減せり、而も労働の必要は減少せざる也。財富の生産は増加せり、而も人類の衣食は増加せざる也、既に労働の苛酷に堪へず、更に衣食の匱乏に苦しむ。」

生産力が革命的に高められ「人力の必要は省減し、労働の必要は減少する」のが理であり、また「財富の生産は増加し世界多数の人類は衣食大に余る」のが理である。しかし、事実は「この理に反している。」秋水はこれは「奇なる哉」と声をあげ、世の人に「この奇なる事実」を一考せよと訴える。森近は、「一考せよ」「理なり」「事実はこれに反す」「奇なる哉」という秋水の論理展開に導かれて現実の考察に開眼していった。

人はパンのみに生きずと言われているが、衣食なくして何の自由か、何の進歩か、何の道徳か、何の学芸か、人生の第一義は衣食問題である。と秋水は言う。そして、近世文明の民たる多数人類は衣食の匱乏のために遑々たるに非ずや、と問う。秋水は現実に目を向けて言う。

「見よ彼の労働せる人の子を、彼や生れて八、九歳の幼時より其老衰病死に至る乞営々として牛馬の如く駆られて、兀々として蟻蜂の如く労す、節倹にして勤勉なる、凡そ彼等に過ぐるは莫し。而して租税滞納の爲め公費の處分に遭ふ者年々数萬を以て算せらるる也。而して彼の衣食常に餘りある者は、常に労働する人に非ずにて、却て徒手逸楽遊惰の人に非ずや。」

「然れども其労働の痛苦や猶ほ可也、若し夫れ労働す可き地位職業すら之を求めて竟に得ること能はざるに至ては、人生の惨事實に之より甚しきは莫し、彼や壮健の體軀を有す、彼や明敏の頭脳を有す、彼や有爲の技能を有す而して其力能衣食の生産に任じて餘り有る者にして、唯だ其職業を得ざるが爲に終生窮途に泣き溝壑に、滾転する者、世間果して幾萬人ぞ。」

「好し高利に衣食せよ、株券に衣食せよ、地代に衣食せよ、租税に衣食せよ。今の所謂文明社会に處して然る能はざる者は、則ち長時間の労働也、苦痛也、窮乏也、無職業也、餓死者也、餓死に甘んぜずんば、則ち男子は強窃盗たり、女子は醜業婦たらんのみ、堕落あるのみ、罪悪あるのみ」

「然り今の文明や、一面に於て燦爛たる美華と光輝とを発すると同時に、一面に於て暗黒なる窮乏と罪悪とを有す。燦爛の天に翺翔する者は千萬人中僅に一人のみ、暗黒の域に滾轉する者は世界人類の大多数也、是れ豈に吾人人類の自ら誇るに足る者ならん哉。」

「嗚呼世界人類の苦痛や飢凍や、……人類の多数は唯だ其生活の自由と衣食の平等とを求むるが爲めに、一切の平和、幸福、進歩を犠牲に供せずんば巳まざらんとす、人生なるものは竟に如此き者耶、如此くならざる可らざる耶、耶蘇の所謂祖先の罪耶、浮屠の所謂娑婆の常耶。咄々豈に是れ真理《トルース》ならんや、正義《ジャスティース》ならんや、人道ならんや。」

秋水の言葉は正確で血が通っていると森近は思った。森近は秋水の血のぬくもりが自分に伝わってくるのを感じた。

秋水の言葉は具体的で個々の現実の姿を目の前に持ち出してくる。森近は秋水の言葉の指し示す具体的な姿が一つ一つ確かさをもっているのに圧倒され、秋水の言葉の虜になってしまった。森近は秋水の言葉を反芻し心に留めた。

今の文明は、生産力の革命的な増大によって驚異的に豊富な富をもたらした。しかし、その巨大な富は極くわずかな人の手には行き渡っているが、人類多数の人には行き渡っていない。

「幼時より老衰病死に至るまで営々として、牛馬の如く駆られて、蟻蜂の如く労働し、しかも誰よりも節倹して勤勉にくらしていても租税も納められないほどに貧しい者数萬に及び」、「労働する者はまだよい。労働すべき地位や職業を求めてもそれを得られず終生窮途に泣く者幾萬にも及んでいる」。

今の文明は燦爛たる美華と光輝に浴する者一千萬人の中一人であるに、暗黒の域に流れ落ちていく者は世界人類の多数ある。秋水は今の文明のこの状況は人類の誇るべき姿でないと疑問を投げかける。「今の文明の姿は真理を表しているか？正義を表しているか？人道にかなっているか？」」。「真理」「正義」「人道」と云う言葉が森近に迫ってくる。森近はこれらの言葉をもって現実に向き合うことを学んだ。森近にとって「開眼」と云う新鮮な経験であった。

秋水は自ら提示する問に対して答えて言う。「二十世紀の陌頭に立てるスヒンクスの謎語也」「世界人類の運命は懸けて此一謎語に在り」。

「ありあまるほどに多くある富が極く一部少数の人にのみ行き、人類の多数人間に行きわたらず、人類の多数が一生涯窮乏に苦しんでいる姿は、真理も、正義も、人道も表していない。この姿は人類の誇るべきものでない」。秋水は人類の誇るべき姿をとりもどそうとする。この「真理でない、正義でもない。人道にもかなっていない」姿の原因は何か？二十世紀の運命はこの謎を解くことにかかっている、と秋水は言う。森近は、地元岡山でかかわっている小作米をめぐる地主と小作人との間に生ずる紛擾は秋水のこの謎語と関わっていることを知った。そして、森近は、真理、正義、人道を自分の判断基準とし、行動の原理とすることを秋水から学んだ。小作人は常に貧しい。そして勤勉に労働し節倹につとめてもその生活は窮乏している。現代文明は、小作人に分配しうる富があるにもかかわらず富は小作人に行きわたっていない状態を許している。小作人の生活状態は人道に悖《もと》っている。そのことは人類の誇るべきものではない。現代文明が人類の誇るべき姿を取りもどすためには人道に悖っている状態を解消しなければならない。人道に悖っている状態の原因は何か、この原因の謎を解かねばならない。秋水は、世界人類の運命が懸っているスヒンクスの謎語を誰が解くか、と問う。そしてそれを解くものは宗教、教育、法律、軍備ではないと言う。

「夫れ宗教や以て未来の楽園を想像せしむ、未だ吾人の爲に現在の苦痛を除き去らざる也。教育や以て多大の知識を與ふ、未だ吾人の爲に一日の衣食を産出せざる也。法律や能く人を責罰す、人を楽ましむるの具に非ざる也。軍備や能く人を屠殺す、人を活かしむるの器に非ざる也。」

森近は秋水の言葉を咀嚼しながら読みすすむ。宗教は未来の楽園・浄土に参り人間が救われることを説くが常に今ある窮乏を除去してくれない。教育は知識を与えてくれるけれども衣食をもって今のこの窮乏の苦しみから救ってくれない。ましてや貧しくして小学校を中退せざるを得ない子供をもつ貧しい家庭に衣食を給することはない。法律は職なき者から生活苦を除去し楽をさせてくれない。軍備は人を屠殺するが窮乏に苦しむ人を救いはしない。宗教、教育、法律、軍備は、自分がかかわっている小作人が小作人でなくなる方法を教えてくれない。何よりも小作人である原因や理由について何一つ教えてくれない。森近は秋水の指摘が一つ一つあてはまっているように思った。

秋水は言う。

「借問す方今生産の資材乏しきに非ず、市場の貨物尠きに非ずして、而も吾人人類の多数は何が爲に爾く衣食に匱乏を感する乎。」

「他なし之が分配の公を失せるが為のみ。其世界に普遍せられずして、一部に堆積せらるるが爲のみ。其萬人に均分せられずして、少数階級に壟斷さるるが爲のみ。」

秋水は、「人類の多数が爾く衣食の匱乏を感ずる」原因を「富の分配が公正になされていない」ことに求める。秋水は、誰でもが知っているであろうこの原因を明確な言葉で言い切った。しかし、「富の分配が公正におこなわれていない」ことの内容は誰でもが説明できるとは限らない。秋水はその内容を数字で示す。秋水は外国の文献に依拠しながら述べる。

「トーマス・シアマンは算して曰く、米国の富は僅に九分二厘の人口の為に占有せられ、残余の人口即ち八割九分四厘の多数生民は僅に一割八分の富を保つに過ぎずと。」

「博士スパールが英国の富の分配を算するに曰く、英人二百萬の多数は僅に八億の財産を有するに過ぎざるに、一面に於て十二万五千人の少数は却て七十九億の巨額を占有す、且つ総人口の四分の三以上は全く無資産也と。」

秋水は加えて言う。

「而も現時財富の一部に集中するは、世界萬邦倶に其趨勢を同じくせる所也。而して我日本に於ても亦然らざることを得ず。」

森近は、秋水が世界各国の事例を外国文献に依拠し、数字をもって簡潔明快に述べるのを、おどろきの気持ちをもって読み進んだ。世界の富の分配が極端にまで片寄っていることを知った。しかし、巨額の富が極めて少数の人間に極端にまで片寄って分配されていることの実感がともなっていなかった。それは、秋水の依拠する富の分配の数値が米国と英国という外国のそれであることから来ていて、日本のそれでないということからきているのではなかった。森近は秋水の示す数値が事実のものであるとしても、その数値の示す分配比率の極端な片寄りが何故に公正でないかの理由が実感できなかった。その分配比率は富が全人類に広く公平に分配されてはいないであろう、そして望ましいものでもないであろう、また正義や人道にかなっていないであろう、ことを示していると思うことはできる。しかし、森近の実感としては、その公正を欠くであろう富の分配が、「幼時より働きづめで老衰病死に至るまで窮乏の生活を送らざるを得ない労働者」、「勤勉にはたらき、人並み以上に節倹につとめても尚貧しく、子供を小学校に通わすことが出来ず中退させ奉公に出さざるを得ない労働者」、「能力もあり意欲もある人間が職を求めても得られず窮乏の淵に沈む者」、あるいは「小作人の境涯から抜け出ることができない者」などの人間と直ちには結びついて実感することはできなかった。それは何故であるか。両者は無関係ではないにしても、両者を結びつける社会の仕組みの論理、社会組織論とでも呼ぶべきものの認識が自分に欠けていることがその理由の一つではないかと思った。

富の分配が極端に片寄っていることをもって、感情的に分配の公正でないと直ちに主張することは森近にはできなかった。森近は、巨額の富を分配された人間、すなわち富豪と呼ばれる人間を羨んだり憧れたりする気持ちは毛頭なかった。富豪と呼ばれる人たちは人間の消費能力をはるかに超える富を所有して、その富でもってどうするのであろうか。その富でもって自分の人生価値を豊かにし、高めることがどれだけできるのであろうか。豪壮な邸宅に住むにしても、掃除や手入れなど自分一人ではできない。人を雇い金を払ってさせるにしても、人の世話になることには変わりはない。自分の人生は自分で律するという自立、独立の精神を貫くことはできない。森近は、実家でもそうであったが、農学校時代においても茶の湯を嗜んだ。茶室の簡素さの中に大いなる自由を覚えた経験がある。無駄なものは一切省いた簡素な空間に、誰の助けも借りず、誰にも拘束されず、自律した自分を置く。自由な空間がひろがる。森近はそこに人生の豊かさを感じていた。豪壮な邸宅で暮らす人は、果して人生の豊かさ、精神の自由をもつことができるであろうか。森近は、富の所有は多くても、少なくても人道に悖ることはありうるのではないかと思った。

地主と小作人との間における小作米をめぐる紛擾《ふんじょう》において、地主は険しい顔をして、蔑視の眼差しを小作人に向け、小作人を見下す姿を示すことが多々ある。その地主の姿は醜く見え、人道にかなっているとは思えない。地主は常日頃は温厚で教養もあり、なかなかの人格者の風をしている。小作人との紛擾の場面において醜い人間の姿を見せる。もし、地主と小作人の関係がなければ、地主も醜い姿を見せないであろう。地主と小作人の関係はその意味でも人道にかなっていないのではないかと、森近は考える。人道を持ちだすことはなかなか難しい問題を含むことを思った。

富を公正に分配することが人道や正義にかなうとしても、何が公正であるかは判断はむずかしい。富を豆腐を縦横に直線に切り方形に分けるように均分に分配することが公正な分配であると単純には言えないであろう。森近にとってまずは公正でない分配とは、誠実勤勉に働き、節倹につとめる労働者が窮乏生活を強いられない、また、能力も意欲もある者が職がないために窮乏の淵に沈まないような分配の在り方である。

富の分配の不公正さ、そこからどのようにして多数の窮乏者が生まれるか。秋水はこの問いに対して明快な論理によって答える。

秋水は、富の分配の不公正さが生ずる原因は富の生産のされ方にあると言う。秋水は次のように問いを発する。

「蓋し社会の財富や、決して天より降下するものに非ず、地より噴出するに非ず、一粒の米、一片の金と雖も総て是れ人間労働の結果に非ざるは無し、夫れ唯だ労働の結果也、其結果や當然労働者即ち之が産出者の所有に歸す可きの理に非ずや。而も多数の労働者よ！何故に汝は汝の産出せる財富を自由に所有し、若くば消費すること能はざる乎。」と。

人間は、自然にはたらきかけて、自然の恵みを受け取り、その恵みによって生存することができる。人間の自然に対するはたらきかけが労働であり、労働の成果なしには人間は生存できない。秋水は「労働の成果は、労働する者の所有に帰すべきではないか？」と問う。「労働者は自分の産出した財富を自由に所有することができないのは何故か」と問う。秋水は自ら投げかけた問いに答える。

「他無し、彼等は一切の生産機関を有せざれば也。換言すれば即ち資本を有せざれば也。土地を有せざれば也。土地なき者は労働すること能はざる也。労働せざれば即ち餓死せざる可らず。彼等は其餓死を免るるに急なる丈け、夫れ丈け一切の利益幸福を挙げて之が犠牲に供せざることを得ず。而して彼等は實に資本所有者、土地所有者の足下に拝跪して、資本と土地との使用の許可を乞はざる可からず。而して此使用の許可を得るの報酬として、其生産の大部を資本家、地主に獻納せざるを得ず、而して彼等が終歳若くば生涯、営々たる労役の功果は、憐れむ可し、唯だ其不幸なる生命を支ふるに過ぎざるのみ。然り現時の小農及び小作人は實に如此きの状態に在り、土地と資本とを有するなくして、賃金に衣食し、給料に衣食する者、皆な實に如此き状態に在り。」と。

労働は人間が生存できる基礎であり、労働なくして人間は生存できない。労働が可能であるのは、労働する人間（労働者）と、労働する人間が恵みを受け取るべくはたらきかける自然（労働の対象）と、はたらきかけるための道具・手段（労働手段・生産手段）の三者によってである。換言すれば、人間・自然（対象）・手段（労働・生産手段）の三者は労働を可能にさせる構成要素である。この構成要素のどれ一つ欠けても「労働の場」は生じない。秋水は「労働者が自分の産出した財富を自由に所有することができないのは」労働者が生産機関すなわち労働・生産手段をもたないからであると言う。現今においては労働・生産手段は資本と呼ばれ土地と呼ばれている。労働者は、労働・生産手段をもたない故に労働することはできない。労働の場の構成要素の一つである労働・生産手段を欠くからである。労働できなければ労働者は生きていけない。労働・生産手段は社会に存在するがそれは資本家や地主と呼ばれる人間が所有している。労働者が生きていくためには労働しなければならない。労働するためには資本家や地主が所有している労働・生産手段を使用しなければならない。労働者は如何にして資本家や地主が所有している労働・生産手段をもって労働するか。労働者は資本家や地主と労働・生産手段の使用をめぐって交渉し、その使用の許可を得なければならない。労働者は今日、明日のいのちをつなぐためには労働しなければならない切迫した状態にあり、資本家や地主は当分生きて行くだけの衣食を有し、切迫した状態にはない。労働者と資本家や地主との労働・生産手段の使用許可をめぐる交渉において既に対等ではない。切迫した労働者は自らのいのちを繋ぐためには一切の犠牲を払ってでもその使用許可を得なければならないし、資本家や地主はその許可を与えても与えなくても自らのくらしに何の支障もない。その許可をめぐる交渉において労働者は資本家や地主の意のままの下にある。労働者は労働、生産手段の使用許可を得るための報酬として、生産の大部分を資本家や地主に献納せざるを得ない。而して彼等労働者は「終歳若くば生涯、営々たる労役の功果は、憐れむべし。唯不幸なる生命を支ふるに過ぎざるのみ。然り現時の小農及び小作人は實に如此きの状態に在り、土地と資本とを有するなくして、賃金に衣食し、給料に衣食する者、皆な實に如此き状態に在り」と云う秋水の言葉となる。

秋水は訴える。

「誠に思へ。若し世界の土地と資本とをして、多数人類が自由に其生産の用に供するを得たりとせよ。彼等が多額の金利を徴せられ、法外の地料を掠められ、若くは低廉の賃金を以て雇役さるるの要なくして、其労働の結果たる富財は直ちに彼等の所有として、自由に消費することを得たりとせよ、分配公を失して、貧富の懸隔する、何ぞ今日の如く甚しきに至らんや。」と。

秋水は労働・生産手段である土地と資本を地主や資本家の手から引きはなして多数人類が自由に其生産の用に供することができるならば、今日のように分配が公正さを欠き、貧富の懸隔が甚しいことはなくなるであろう、と訴える。何故なれば、分配が公正さを欠き、貧富の懸隔が甚しい原因は、労働・生産手段が資本家と地主の所有に帰せしめられていることにあると秋水は考えるからである。森近は秋水のこの明快な論理には納得した。秋水は「今の社会問題解決の方法は、唯だ一切の生産機関を、地主資本家の手より奪ふて、之を社会人民の公有に移す有るのみ」と断言する。労働・生産手段の地主資本家の私有から社会人民の公有化へ、と云う簡潔明快な言葉は、秋水の論理をたどれば必然的に行きつく帰結であろう、と森近は思った。しかし、森近は「社会人民の公有化が実現された」姿をまだ実像として結ぶことができなかった。長い歴史を経て来た現今の社会を大変革する姿は、森近の想像力を上まわった。しかし、それは実現されねばならない。明快な論理と実現されるべき現実との間には、森近の中ではまだ隔たりがあった。森近が確実に正しいと思ったことは、「富の分配における不公正は、真理、正義及人道に悖るということであり」「その不公正の原因は労働・生産手段の所有の仕方にあり、少数の地主や資本家にその所有が帰せられていることにある」ということであった。多数人間が窮乏の生活を強いられているという社会問題には労働・生産手段の所有の仕方や仕組みが深くかかわっている、と森近は確信した。秋水は言う。「地主資本家なる徒手游食の階級を廃滅するは、是れ實に『近世社会主義』一名『科学的社会主義』の骨髄とする所に非ずや。」と。森近は『社会主義神髄』の「神髄」とは「地主や資本家から労働・生産手段の所有権を奪い取り、地主・資本家階級を廃滅する」ことであると理解した。

森近は『社会主義神髄』を読み、以後、社会主義に関する諸種の著書、印刷物を購読し、研究した。明治三十七年四月、岡市に岡山いろは倶楽部というものを設立し、岡山監獄教誨師の鷲尾教導、岡山県立病院の医師である増原長治、其他の同志を集め、社会主義を講究し、その普及を計ろうとした。森近の活動がこれほどまでにおおっぴらになっては上官も黙視する訳にはいかず、森近は問いつめられ、責められた。森近もこのことは最初から予想していたのである程度の覚悟はできていた。森近は辞表提出した。明治三十七年十二月のことであった。鷲尾、増原も辞表を提出し、鷲尾は郷里の新潟県に帰り、増原は上京し、京橋区木挽町の加藤時次郎の病院に入り医員となった。森近は東京に出ることを考え、平民社の秋水に手紙でことの次第を簡単に書き、いずれ上京することを知らせておいた。

明治三十八年二月、森近は上京し麹町区有楽町にある平民社を訪ねた。今後の自分の活動について、堺利彦、幸徳秋水等と協議し、関西地方に社会主義の伝導機関を設けて、東西相応じて主義上の運動に努むべきことを約した。翌三月大阪市北区中ノ島宗是町に大阪平民社を創立、後に同区上福島北三丁目に移転し、大阪社会主義者の団体である大阪同志会を之に併合し、屢々研究会及び茶話会等を開く。他方、東京に於ける平民社発行の雑誌『直言』、平民文庫其他社会主義関係の印刷物の販売に従事する。又、小松丑治、岡林寅松等の経営する神戸平民倶楽部、岡山いろは倶楽部とも常に気脈を通じ屢々之に出張して講演会を開き、又公開演説会を催すなど大いに主義の普及に努力した。同年九月東京平民社の『直言』は発行停止を命ぜられ、平民社も解散させられた。東京平民社の支部の如きものであった森近の大阪平民社も亦解散の止むを得ないことになり、森近は同年十一月上京し神田区三崎町三丁目にある平民舎ミルクホールの経営に従事する。このミルクホールは同年四月、山口義三、原眞一郎、荒川延子の創設したもので、牛乳や其他の飲食物を販売する傍ら、同志の倶楽部に充てたもので、同年九月山口、原等退き神崎須一が代って之を経営していた処、森近が上京するに及び神崎が之を森近に譲渡したものである。

明治三十九年一月日本社会党の結成されるや、森近は、片山潜、堺利彦、西川光次郎、田添鐵二、斎藤兼……等と其評議員となり、堺利彦、西川光次郎と共にその幹事を兼ね、盛に普通選挙運動に従事し、同年二月十一日、日本社会党評議員一同及山根吾一、馬場力等と共に江東伊勢平楼に於て普通選挙連合大会を開く。

又、同年三月東京市街鐵道株式会社、東京電車鐵道株式会社及東京電気鐵道株式会社が電車賃率増加の請願を其筋に提出するや森近等主唱して同月六日神田区三崎町の日本社会党事務所に於て同党評議員会を開き之が反対運動開始のことを決し、山路彌吉、木下尚江、田川大吉郎、大杉栄、吉川守國等と相謀り屢々日比谷公園に市民大会を開き、又浅草区藏前植木屋及神田区三崎町吉田屋其他市内各所に演説会を催す等熱心に其運動に努めたが、遂に西川光次郎、山口義三、大杉栄、岡千代彦、等十数名は同月十五日の市民大会に関し兇徒聚衆の罪により入獄するに至った。

同年六月に幸徳伝次郎は米国より帰朝し、堺利彦、西川光次郎、山口義三、石川三四郎、安部磯雄、木下尚江等と平民社を再興し、翌四十年一月に日刊平民新聞を発行するや森近もこれに加わりその販売部主任となる。同年二月には錦輝館における日本社会党大会において幸徳伝次郎が直接行動論を発表し、以後は社会主義者間に分派の状態となり、森近は常に幸徳及び堺等と行動を共にし、同年十一月片山潜、西川光次郎等社会新聞派とは全く分裂し、主義運動上絶縁を宣するに至った。

この分裂は森近にとって衝激であった。森近は、明治三十八年に上京して愈々社会主義実現のために専心活動しようと意欲を燃やし、すべての時間とエネルギーをこの活動に傾注してきた。毎日が生き甲斐であった。三月に大阪へ出てきて、四月末まで凡そ一ヶ月の間に『直言』百三十部、『直言婦人号』五十部、木下尚江著作の小説平民文庫『火の柱』五十六部、『良人の自白』六十七部、その他諸々の印刷物若干部など、通して計三百三十八部を販売し、研究会茶話会も三回開き来会者四十九人に及んだ。

森近は著作物や印刷物が売れるたびに主義の運動がひろがっていくのを感じ、来会者があるたびにこの活動に手ごたえを感じた。この分裂は自分が大阪に出て従事してきた活動の流れに棹さすもののように思った。社会主義実現という同じ目的をもちながら、その実現方法について見解が違うことからこの分裂は生じた。自分は幸徳・堺の側に立っているが、片山、西川の側が絶対に間違っていて自分たちの側が絶に正しいというものではないであろう。全知全能でない人間の認識や判断に「絶対」や「完全」はあり得ない。不完全同士が自己の不完全をより完全にする方法はないものか。森近は考えこんでしまった。何故であろう。同じ「理念、理想」をもちながらそれを実現させる行動において異なるのは、「理念・理想」は時間を超えた価値であり、従って時間の制約を受けない。「行動」は、行動する時点における行動する人間の判断によって行われる。その判断は、行動する人間のもっている知識や、それまで蓄積された経験に依存する。その知識は完全な知ではない。しかし、行動する人間は不完全な知にもとづく判断によってであれ、行動をおこさなければならない。永遠に完全知を求めて時間を消費することはできない。現実は、現実の「今」行動をおこすことを求めている。「行動」はこの意味において行動をおこす「時点」という時間に制約される。「理念・理想」の超時間性と「行動」の時間被制約性との間には深い未知の隔たりのあることを思った。幸徳、堺の側の判断と片山、西川の側の判断の違いは仕方ないことであろうと思った。森近は、自分が何故幸徳、堺の側に立っているのだろうと振り返ってみた。それはこれまでの幸徳との経緯のあることは勿論であるが、自分が幸徳という人間を片山や西川という人物よりも、よく知っているというだけでなく、幸徳という人物に惹かれているからである、と気づいた。幸徳という人物には「私心」がないこと、幸徳の行動には「無私」の精神が貫かれていること、幸徳には「邪な心」がないこと、等がその理由であると思った。社会党分裂において受けた衝激は森近にとって貴重な経験であった。

明治四十年、大阪滑稽新聞の社主であった宮武外骨の資金供給を受け森近は大阪平民社を設立し、百瀬晋、小野木守一等、東京の同志を招致し、大阪平民新聞を発行することにし、六月一日を以て第一号を出した。森近は再び勢を得て元気のある発刊の辞を草した。

「吾人ハ社会主義ノ見地ニ立チ平民階級ノ解放ヲ要求スル機関トシテ茲ニ本紙ヲ発行ス吾人ハ平民ニ対スル専横ナル貴族ノ圧制ヲ排斥シ女子ニ対スル暴戻ナル男子ノ束縛ヲ非認シ労働者ニ対スル貪婪ナル資本家ノ掠奪ヲ拒否ス而シテ吾人ハ平民階級ノ自覚ニ依リテ之等ノ圧制束縛掠奪ヲ一掃シ圓満平和ナル社会組織ヲ實現シ得ヘキヲ信ス故ニ力メテ平民階級ノ自覚ヲ喚起シ其團結ヲ鼓吹シ其運動ヲ援助シ其當然ノ権利ヲ擁護センコト實ニ吾人の目的也……」

大阪平民新聞は宮武外骨より月々四、五十圓の補助を受ける外、同志の寄附金に依って漸く支えられた。河内國南河内郡富田林村杉山孝子は金百圓を寄せ、大石誠之助は数度に金五十圓を贈ったと云われている。

森近はこの紙上において議会政策論を排斥し純然たる直接行動論を高唱し、常に労働者の団結と同盟罷工とを強く主張した。また通俗講話という欄を設けて賃金の話、労働の掠奪等の標題を以て平易な論文を毎号連載し通俗的に資本と労働との関係を説き、労働者の自覚を喚起するに努めた。其第三号に掲載した論文が秩序壊乱の罪を以て新聞紙條例第三十三條に問われ、森近は発行人兼編輯人の両資格に於て各罰金二十圓に処された。

東京の日刊平民新聞は明治四十年四月既に廃刊し、次でおこった社会新聞は分派問題以来専ら片山潜、西川光次郎等一派の独占するところとなることから、幸徳伝次郎、堺利彦等、社会主義者の大多数は森近の大阪平民新聞に力を注ぐことになり、為に同新聞は全国社会主義者の重要な機関紙となり、同年十一月発行の十一号より日本平民新聞と改題し、幸徳伝次郎、堺利彦、山川均、大杉栄等、主だった同志皆之に投稿し、社運大に揚った。

森近は同志の間では経営者、組織者として重きをなしたが、相当な学殖もあった。明治四十年十一月堺枯川との共著での『社会主義綱要』の著書もあった。

(3) 宮下は、森近を訪ねる前に大阪平民新聞を読んだ。明治四十年六月一日の第一号に掲載された森近の発刊の辞に宮下は感動した。「吾人ハ社会主義ノ見地ニ立チ平民階級ノ解放ヲ要求スル機関トシテ茲ニ本紙ヲ発行スル」とは、立場明快、目的の力強いことか。それだけではない。「労働者ニ対スル貪婪ナル資本家ノ掠奪ヲ拒否ス」とは宮下の心を代弁するものであった。森近運平とはどんな人物であるか。宮下は森近運平に強く惹きつけられた。「吾人ハ平民階級ノ自覚ニ依リテ之等ノ圧制束縛掠奪ヲ一掃シ圓満平和ナル社会組織ヲ實現シ得ヘキヲ信ス」とは宮下も全く同感であった。

宮下は社会主義を実行するに当り、皇室とどう向き合うかについて疑問をもっていた。宮下は森近に日本史に関して、皇室のことを質問した。森近は答えた。「日本歴史は支那の文物、制度を受けた後、良い加減なことを拵えたものであるから信用できない。神武天皇が大和の橿原に即位せられるというのは皆嘘で、神武天皇は九州の辺隅より起り、長髄彦等を斃して其領土を横領したにすぎない。然るにその子孫を天子として尊敬するのは謂れなきことである」と。宮下は森近のこの淀みない説明を聞き目のさめる思いがした。世間では天皇のことを天子と呼び神の如き存在と思われ、天皇は神聖不可侵の存在であると考えられている。森近の説明はこの世間の考えを一挙に否定している。宮下は森近の説明に驚き、胸の閊えがおりた思いがした。

宮下は、森近が自分より年齢が若く、にもかかわらず自分より落ち着きがあることに感心してしまった。森近は自分と同じく農家に生まれ小学校卒業後に農学校に進んだ。自分より学歴は上であるがそれ以上の学校に進学していないにもかかわらず、大阪平民新聞発刊の辞を草し、格調ある文章で世に問い、今また日本の歴史について落ち着きのある語り口で話してくれた。同じ農民出身で年齢も自分よりわずかに若いこの青年が、知識においても見識においても、そして何よりも文章を草する能力においても、自らが草した文章を世に問う自信と勇気においても、自分とはこれほどにまで隔たりのあるものか、宮下は覚醒の思いであった。宮下は自分の知能にいささかの自信をもっていたが、それは田舎者の井の中の蛙であったことを知り、少し前まで世間を拗ねて生活を乱していた自分を恥ずかしく思った。森近と知り合って精神が洗浄される思いであった。宮下は森近にこれまでどのような勉強をしてきたか聞いてみた。

森近は語ってくれた。自分は農学校しか出ていないので更に上級の、そして幅広い知識を得るために『早稲田講義録』をとって勉強した。明治三十六年度の大学年報『第二十三会報告』に大学高等師範部の歴史地理科に史学科があって、久米邦武、吉田東伍が国史の講義を担当していた。この史学科の講義録を一冊にまとめて、明治三十八年十二月、早大出版部から久米邦武の著書『日本古代史』が出版された。「是までの俗伝には、日本は国土も人民も元はみな伊弉諾《イザナギ》伊弉冉《イザナミ》二尊より生れ、其の種の繁昌したるものにして、他に比類なき国と語りたれど、かかる談は、今は科学の下に烟と消えたり」と久米邦武は述べた。自分はこの文章におどろいた。子供の頃から聞かされていた伊弉諾、伊弉冉の話が「科学の名の下に烟と消えたり」と云うのである。自分は世間の空気を知らないではなかったが、久米邦武氏の学問的良心に誠実な態度の立派さと、それ以上に学問的真理を公にする勇気におどろいた。この著作は、日本の国史の神話性を真向から否定し、科学的認識にもとづく、従って実証的証明に基礎づけられた正確な史実に基づく真実の古代史の著作である。自分は「科学の下に烟と消えたり」と云う言葉に目が開かれる思いがした。「科学」と云う言葉は新鮮であった。農学校では「科学」と言葉を見たり聞いたりしたことはあるが、それは自然現象の認識において用いられていた。久米邦武氏は社会現象、人間の関係についての認識に「科学」の方法をもって考察し、分析し、論理を展開する。歴史は歴史的事実に基づいて書かれるべきであることをこの講義録で学んだ。「実証的」「科学的」という言葉は自分の思考の導きの糸となった。

森近は話のついでとでも言うように次の話もしてくれた。聞くところによると、明治二十四年十月、東京大学教授久米邦武は「神道は祭天の古俗」という論文を『史学会雑誌』に発表したが、古代史のタブーをやぶったがために、筆禍事件をおこし、遂に官立大学を追われた。同郷の佐賀でつながる早稲田の大隈重信が久米邦武をひろいあげた。久米邦武は『日本古代史』において一切の権威を恐れず、科学に基礎づけられた真実の歴史を記述している姿に自分は感動した。

宮下は森近の学殖の深さにおどろいた。向上心旺盛な、しかも能力のある農民出身の青年がいることに大きく励まされた。機会があればまた森近を訪ねようと思った。

明治四十一年二月一日、宮下は大阪平民社に森近を再び訪ねた。宮下は製材所の機械を据え付けるために亀崎から奈良の五条町へ出張することになった。宮下はこの機会を利用して大阪に出て森近を訪ねた。宮下は「普通選挙と直接行動」について疑問に思うことがあって森近にたずねた。宮下は、資本主義をたおして労働者階級を解放し、社会主義社会を実現するための政治的手段として、普通選挙か直接行動か、議会への投票かストライキの激発か、という問題についてずっと考えていた。宮下はこの問題について森近に意見を聞いた。森近は答えた。「直接行動をやれば結局暴力革命となる」と。宮下は、自分がつねづね考えている方向と森近のこの答えが同じであると思い意を強くした。

アメリカから帰朝した幸徳秋水が、神田の錦輝館で開かれた日本社会党演説会（明治三十九年六月二十八日）の壇上に立ち「世界革命運動の潮流」という演題のもとに労働者階級の直接行動の必要をとなえて以来、議会主義の排斥が全国の同志のあいだに流行的な話題となっていた。宮下はこの話題について森近にその意見を聞いたのである。

直情径行の癖のある宮下は、森下の意見に勢いを得て、実際にいくつかのストライキを指導した。

出張先の紀州日高郡松原村字田畑、日高製材所の職工二十七名は、四月三日、工場監督排斥運動ストライキをしたが要求貫徹せず二十七名全員辞職する。労働者側の敗北に終わった。当時の熟練した職工はなにか気に入らないことがあれば一斉に職場を捨てて他の工場へ移っていくという傾向が一般的気風としてあった。この場合も職工は大抵各地の工場へ入職した。

また亀崎の町で東京通いの和船二十六隻、この船の船夫三百余名、四月上旬より時々会合し、協議を凝らし、遂にストライキを為し、今までは一航海一名につき十二円五十銭のところ今月は十五円に値上げし、外に一船五円の手当を支給するよう要求し、一時は非常の騒ぎとなり、結局亀崎町長の仲裁で十四円に値上げして落着した。

尾張国の有松鉄工所でも、賃金問題でストライキを為したが、職工側の意見は通らなかった。職工は辞職し名古屋市熱田セメント会社の機械修繕部に入職した。

宮下は、自分が指導したストライキにおいて経験したことは、どの場合もストライキを行った労働者達が向う意気の強い職人たちばかりで階級として形成された労働者がいなかったことである。彼等は強い職人気質をもち、自己の技能に誇りと自信、それ故に他人を恃《たの》む心なく、自主独立の精神旺盛で、他と協調する気持ちが薄弱であった。ストライキは派手に見えたがお祭の喧嘩の気味があり、資本家に対する反抗は感情的な反撥力で動いていた。彼等は労働者階級として団結する性向が弱く、粘り強い、忍耐力のいる闘いにストライキは結びついていなかった。宮下は労働者について自分の認識が浅いことに気がついた。自分の思っている労働者は自分の頭の中にだけ存在する労働者で、まだ観念の産物でしかないことを知った。自分が関わった現実の労働者はまだ封建的社な職人気質からまだ抜けきっていない労働者であった。宮下の関わった現実の労働者は資本家の切りくずしや買収にあうと労働者の組織が御用組合と化していく傾向に宮下は悩みを感じていた。宮下は森近の言葉を思い出した。労働者の「自覚」という言葉を。労働者の自覚とは、労働者という階級意識の自覚のことであると宮下は身をもって知った。階級意識の自覚のない労働者においては団結力のある、粘り強い組合やストライキは期待できないとなるとどうすればよいか。自分は労働者である。労働者のおかれた状況を変革する必要に迫られている中に在る。この点で森近とは違う。自分は変革をせねばならないという意識に常に迫られて暮らしている。森近はこの状況の外にいて、この状況について考える人である。学殖はあり理論はできるがストライキは森近自身と直接関わらない。自分はストライキと直接関わる位置にいる。期待のできるストライキを行うには階級意識の自覚をもつ労働者がいなければならない。自覚ある労働者が形成されなければならないが、すぐには階級意識が形成されることは期待できない。宮下は時間を待つことはできなかった。宮下は地道な組織活動への興味を失っていった。「ストライキをやるには不完全な組合などないほうがよい。組合などがあれば却って資本家より注意を受け、少々の改良位に終わり充分行動ができない」と考えた宮下は、地道な組織活動へ向うのではなく個人的な英雄主義とでも呼べるものに傾いていった。

明治四十二年二月十三日、朝七時頃、宮下は新橋駅についた。深川の木場にある武市製材所に亀崎鉄工所から製材機械を据え付けるため出張してきた。宮下は製材所について仕事の打合わせを終え、昼食をとってから町に出かけた。出張先の賃金が時間給十五銭、一日十時間働いて一円五十銭という高給の熟練工にふさわしい身なりで、立縞羽織の上に茶色がかった二重マントをかさね、ねずみ色の中折帽子をかぶっていた。宮下は、その日の予定の行動として、大阪平民社以来いろいろ指導をうけてきた森近運平を訪ねるつもりであった。山手線の巣鴨駅でおりて、町名番地を頼りに森近の家を探したがわからず迷ってしまい、幸徳秋水の家を訪ねて訊いてみたところ「すぐそこですよ」といって教えてくれた。宮下は、秋水とは明治四十一年頃より書面の往復をしていたがまだ会ったことがなかった。宮下は森近訪問を後回しにして巣鴨平民社を訪ねた。午後二時頃であった。

秋水の書斎に通されて初対面の挨拶をかわしたのち、二時間ばかり話しこんだ。話は宮下が秋水に問う形で行われた。

宮下は秋水に無政府主義についてお教え下さいと申し出た。私は社会主義については、『平民新聞』を読んだり、本を読んだり、森近運平氏より教えて頂いたりして、ある程度は理解できたと思っています。無政府主義という言葉は、その言葉から想像すると随分乱暴なことも想像してしまうのですが、苟くも一つの思想を表す言葉である以上、無知の私がすぐに想像できるような浅薄なものではないと思います。私に無政府主義についてお教え下さい、と宮下は願い出た。秋水は宮下のこの申し出を快諾して語った。

「無政府主義の革命といえば直ぐ短銃や爆弾で主権者を狙撃する者の如く解する者が多いのですが、それは一般に無政府主義の何たるかを分かって居ない為です。同主義の学説は殆ど東洋の老荘と同様の一種の哲学です。今日の如き権力武力で強制的に統治する制度が無くなって道徳仁愛を以て結合せる相互扶助共同生活の社会を現出するのが人類社会自然の大勢で、吾人の自由幸福を完くするのには此大勢に従って進歩しなければならないといふに在ります。

随って無政府主義者が圧制を憎み、束縛を厭い、同時に暴力をも排斥するのは必然の道理で、世に彼等程自由平和を好む者はありません。彼等の泰斗と目せらるるクラポトキンの如きも露国の公爵で、今七十歳近い老人で、初め軍人となり後ち科学を研究し、世界第一流の地質学者で、是まで多くの有益な発見をなし、其他哲学文学の諸学に通じないものはない。そして彼の人格は極めて高尚で、性質は極めて温和親切で決して暴力を喜ぶ人ではありません。

またクラポトキンと名を斉しくした佛蘭西の故リゼー・ルクリュスの如きも、地理学の大学者で佛国は彼が如き学者を有するのを名誉とし、市会は彼を紀念せんが為めに、巴里の一通路に彼の名を命けた位です。彼は殺生を厭ふの甚しき為め、全然肉食を廃して菜食家となりました。欧米無政府主義者の多くは菜食者です。禽獣をすら殺すに忍びざる者、何で殺人を喜ぶことがありましょうか。

此等首領と目される学者のみならず、同主義者を奉ずる労働者は、私の見聞したる処でも他の一般労働者に比すれば読書もし品行もよく酒も煙草も飲まぬ人が多いのです。

成程無政府主義者の中から暗殺者を出したのは事實です。併し夫れは同主義者だから暗殺者たるというわけではありません。暗殺者の出るのは独り無政府主義者のみでなく、国家社会党からも共和党からも、自由民権論者からも愛国者からも沢山出て居ります。顧みて彼の勤王家愛国者を見れば、五十年間に数十人或は数百人を算しています。勤王論愛国思想ほど激烈な暗殺主義はない筈です。

暗殺者の出るのは、其主義の如何に関する者ではなく、其時の特別の事情と其人の特有の気質とが相触れて此行為に立到るのです。例へば、政府が非常な圧制をし、其為めに多数の同志が言論集会出版への権利自由を失へるは勿論、生活の方法すらも奪はれるとか、或は富豪が暴横を極めたる結果、窮民の飢凍悲惨の状見るに忍びざるとかいふが如きに際して、而も到底合法平和の手段をもって之に処するの途なきの時、感情熱烈なる青年が暗殺や暴挙に出るのです。是れ彼等に取ては殆ど正当防衛ともいふべきものです。彼の勤王愛国の志士が時の有司の国家を誤まらんとするを見、又は自己等の運動に対する迫害急にして、他に緩和の法なき時、憤慨の極、暗殺の手段に出るのと同様です。彼等元より初めから好んで暗殺を目的とも手段ともするものではなく、皆な自己の気質と時の事情とに駆られて茲に至るのです。」

宮下は僧の法話を聞くように、じっと秋水の話に耳を傾けた。秋水の話し方には落ち着きがあり宮下の心は秋水の話に吸い込まれていった。いささか勢いこんでいた宮下の心は和んでいった。宮下は充実した時間を経験した。宮下は、秋水の文章にある漢文調の格調とは異なった、秋水のぬくもり、生のやわらかさを感じた。

宮下は、無政府主義というのは権力や武力で強制的に統治するような政府を不要とすると云う意味で政府を否定し、道徳や仁愛でもって結合する相互扶助共同社会を実現しようとする思想であることを知った。宮下はもう一つ秋水に聞きたいことがあった。それは目下に自分が極秘に考えている計画についてであった。「自分等が社会主義伝道を為すに当り、或は政府を倒すとか、或は大臣を斃すとか申せば、世間の人は其趣意を了解し、敢て甚しく反対する者はないが、若し或は天子とか皇室とか、事の皇室に及ぶのであれば世人忽ち我々の説に反対する。之れ、世人が、皇室に対する迷信を持っているからである。此迷信を打破するには、先づ爆弾を作り、第一に之を天子の馬車に投付けて、天子も我々と同じく血の出る人間である、と言う事を示し度い。自分はこの決心を為して、是より其計画を行うべきである」と宮下は熱心に話し、秋水に意見を求めた。秋水は、宮下から森近に宛てた昨年十一月十三日付の手紙で、宮下の決意や目的を知っていたが、問題がすこぶる重大であるが故に、宮下の質問に対して軽々には答えなかった。しかし、自分を訪ねて来た社会主義に熱心なこの青年の意気込みを無視する訳にはいかない。秋水は答えた。「そのことは将来その必要もあろう。又そのような事を致す人も出て来るであろう」と。秋水はそのことについてそれ以上話をしなかった。宮下は、要領を得ない秋水の答えに釈然としないものを感じた。「将来その必要もあろう」とは「現在は不必要である」と言外に言っているともとれる。勢いこんだ宮下の気持ちが行き場を失って次の言葉がすぐに出なかった。

秋水は、革命の武器として個人的テロリズムをしりぞけ、労働者の自覚と団結によるゼネラルストライキを鼓吹する。これが秋水の基本的態度である。秋水は、宮下の直情的な行動に何かあぶなさを感じた。宮下には思慮深さが必要である。そして時間と経験が必要である。秋水は、宮下にはあいまいな応答をした。精悍の気にあふれた宮下にはそれが不満であるらしいことはその顔を見てわかったが、秋水は止むを得ないと思った。

気分を削がれた宮下は、午後四時頃に巣鴨をあとにした。秋水の妻の千代子は、すぐ近くにある森近の寓居まで案内してくれた。森近とは約一年ぶりの対面である。森近は自分に日本歴史の虚構を暴いて天皇の真実の姿に開眼させてくれた。宮下は森近に自分の思いをぶつけてみた。「日本人民は兎角皇室を重じて、社会主義の事を咄しても一向に耳にはいらないから、其迷信を破る為に、此上は酷い事をしようと思う」と宮下は言った。森近は「酷い事とはどんなことをするのか」とたずねた。「それは爆裂弾を拵えて、天皇を斃すことです」と宮下は言った。森近の言葉もまたず宮下は続けた。「我々は何時機械に巻き込まれて死ぬかも分らぬ。左すれば徒らに資本家を肥すに過ぎない」と。森近は宮下の勢いに呑まれたように聞いていた。そして宮下の顔を凝視していた。すると宮下は「爆裂弾を拵える事を西洋の書物で知っているなら教えてくれ」と言った。森近は「私はそんなことは存じません」と答えた。森近は、以前幸徳が爆裂弾を拵える事を調べたいと言った時、所有していた『ネルソン』の百科辞典で「ダイナマイトの原料であるニトログリセリン」の部を出して、此所にある、と言ったことがある。その時に幸徳は其所へ紙を挟んでおいた。森近は、爆裂弾を調べたいと幸徳に言われた時わざわざ辞典までひいたが、宮下に爆裂弾の製法を教えてくれとたのまれた時、やや反射的に「知らない」と答えた。森近は、宮下が今にも爆裂弾を製造し、それをもって直ちに行動に移す勢いで迫ってくるのを感じて、咄嗟の判断で軽卒を回避した。森近は、宮下の行動力と勇気にたじろいだ。一呼吸おいて森近は言った。

「自分は妻子もあり、其様な計画に加わることはできない。東京は生活が困難であるから不日郷里岡山に帰り、園芸に従事するつもりである。しかし、その傍ら社会主義の伝道を為し、同志を募り置き、他日東京に於て暴力革命の起る時は、其同志をひきいて援兵に出かける」と。しかし、宮下は森近のこの言葉に力を感じなかった。宮下は、秋水も森近もだめだと思った。森近は内心「職工抔というものはえらい決心をするものである。自分たちのような本を読んでいる書生上りの者や妻子のあるものは、そんな決心はできない」と思った。

宮下は、爆裂弾を作り、之をもって天子を斃し、天皇制を破壊し、世人をしてその迷信を覚醒させようとする考えに、幸徳も森近も遠まわしに反対していると思い、自分とこの二人とはこの点において違うと思った。文の人と行動の人とは違うのだろうか。宮下は、「人民の自由と労働者の解放のために天皇制の迷信打破は急務である」という自分の信念をかえることができなかった。宮下は、この点において幸徳と森近の二人とは一線を画すことを決意した。

⑷　三月三日、宮下は深川の武市製材所の機械据付工事を完了した。東京を出発する前、二月二十八日、宮下は幸徳、森近両氏のところに御挨拶にうかがった。それは形だけのもので格別の話はしなかった。宮下の頭の中は爆裂弾をどうしてつくるか、その製作の秘密をどうしてつかむか、ということで一杯であった。宮下は挨拶もそこそこに両氏の家を辞去した。宮下は、東京に出張する前二月十日頃、亀崎耕芳という本屋で中古の『国民百科辞典』を見つけ二円八十銭を奮発して買っていた。東京から帰って早速に薬品の性質や火薬の製法をこの辞典で調べてみようと思った。

「ケイカンセキ鶏冠石 $A_1s_2S_2$（正しくは$A_1s_4S_4$）赤色の美麗なる結晶。単斜系に属し、成分は砒素の硫化物。結晶は短柱状をなすものなれど、通常塊状をなし、温泉火山地方産出す。人工にては砒素を硫黄と共に熔解して得べし。軟らかく脂光沢を有し、赤又は橙黄色。透明又は半透明。空気中或は酸素中にて熱すれば、青焔を揚げて燃ゆ。本邦にては石狩定山渓、陸前文字、陸中尾去沢、下野栗山等に産す。用途は霰弾及び煙火の製造に供し、又顔料とし、製革の際の脱毛剤等とし、又支那人は此にて洋盃等を作る。」

宮下はいろいろ調べてみたが、鶏冠石の粉末と塩酸加里を混ぜれば爆裂弾の火薬ができあがることはわかったが、合剤の比率はわからなかった。宮下はなんとしても火薬の調合の割合を知りたいと思った。

同じ亀崎鉄工所で左手の指のない松原徳重という若い旋盤工が働いていた。彼は以前、半田町の葉住座という芝居小屋の道具方をしていたころ、火薬の取扱いをあやまって、大怪我をしたという話を宮下は耳にしていた。田舎芝居の道具方は、舞台効果も受持の範囲で、鉄砲の擬音を出すために、半田町の火薬販売店油長という店から「ソロリン」という火薬の合剤を十匁(代七銭)ぐらい仕入れてくる。十匁で七十日分あるらしいが、芝居でつかうときは、その「ソロリン」の少量を一寸二分四方の紙の上において、しずかにつつんで指でひねると、ちょうどきざみ煙草をすう煙管のガン首くらいの大きさの紙ひねりができる。この紙ひねりをした「ソロリン」を床の上において、金鎚で叩くと鉄砲のような破裂音がおこる。ある日、この紙ひねりが自然爆発をおこして、徳重の左手の親指を残して、あとの四本を吹き飛ばしてしまった。

宮下は徳重にきけば火薬の調合がわかるにちがいないと考え、「自分の兄が花火をつくるが、流星と投げ玉の製法がわからないから、教えてほしい」と口実をもうけて、調合の秘密を訊きだそうとした。徳重は「ケガをするとよくないからおやめなさい」といって、なかなか教えてくれない。宮下は亀崎にいるあいだに調合の秘密をつかんでおかねばならないと考えていたので簡単にひきさがらない。なんとかして徳重の口を割らせなければならない。宮下は少し乱暴だが言葉をあらげて「なぜ教えてくれないのか。おれのどこが気に入らないのか」と理窟は通らないが圧力をかけて詰めよった。徳重は、職工仲間の顔役である宮下にゴロツキのようなすごみをきかされてはそれ以上は拒めなかった。徳重は「塩酸加里三匁に鶏冠石七位調合すれば出来る」と教えた。また、「流星は十、二、一、といって硝石十匁、桐灰二匁、硫黄一匁を調合すれば出来る」と教えた。宮下はやっとの思いで火薬調合の秘密をつかんだ。しかし、「ソロリン」は芝居に使う火薬だが爆発力が弱い。爆裂弾用としては、塩酸加里を増量して、鶏冠石五匁、塩酸加里十匁の割合に修正した。

宮下は、芝居の投げ玉から爆裂弾の製法を知ってこのことを幸徳秋水に熱い手紙を書いた。「自分はその後の研究によって爆裂弾の調合がわかったので主義の為に斃れる」と。宮下は爆裂弾の製法を知ったことをまず幸徳秋水に伝えたかった。手紙の返事は管野幽月が代筆でよこした。「自分は女ではあるが、あなた位の決心は持っているから此後出京せられた際には会って話したい」とあった。宮下は幽月のこの手紙を読み、自分の爆裂弾計画に理解のある人が幸徳秋水の側にいることを知ってうれしく思った。硬くこわばりかけていた心がぬくもっていくのを感じた。

明治四十二年六月、宮下は明科製材所へ転勤のため亀崎から明科におもむく途中東京へ立ち寄った。宮下は再び天皇暗殺、爆裂弾製造の計画を以前よりは具体的にもち出し、秋水と幽月の意見をもとめた。

幸徳は宮下の計画に反対しなかったが、さりとて積極的に賛成もしなかった。幸徳は、宮下が爆裂弾の製法を知ったことで、熱血漢宮下の興奮性が蓄積されているのを見てとり、よりおだやかに対応しなければならないと思った。傍に幽月がいる。要注意である。革命行動をおこすには、その展望や諸条件を分析しなければならない。この二人にはそのような分析をする冷静さと精神的余裕がない。幸徳は「愈々実行する時機が来たら」と言葉をにごすしかなかった。この言葉は、宮下にとって「そのことは必要もあろう」という幸徳の以前の言葉と同じであった。「何が実行する時機なのか具体的に何も言っていない。」幽月の言葉ははっきりしていた。

幽月の思いは第二回の聴取書にはっきりとあらわれている。

「私ハ元来無政府共産主義者、中テモ過激ナル思想ヲ懐イテ居リマシタカ、四十一年六月ノ錦輝館赤旗事件ニ付テ入監シタ当時、熟々《ツクヅク》警察官ノ暴虐ナル行為ヲ見テ憤慨ニ堪ヘス、此ノ如クシテハ到底温和ナル手段テ主義ヲ伝導スルナトハ、手温イ事テアルト考ヘ、寧ロ此際暴動若シクハ革命ヲ起シ、暗殺等モ盛ニ遣ツテ、人心ヲ覚醒セナケレハ駄目テアルカラ、出監後ハ此目的ノ為ニ活動スル考ヲ起シタノテアリマス。其レテ、同年九月初頃ニ出監シマシタカラ、当時共ニ入監シタ人達ノ内、私ノ計画ヲ共ニスル者カアルカ何ウカヲ、夫トナク探ッテ見マシタ処カ、共ニ這入ツタ婦人ハ、何レモ一度テ懲リテ仕舞ヒ、共ニ大事ヲ遣ルヘキ人ハナイト見マシタカラ、今後ハ到底婦人ハ相手ニシテモ駄目タト考ヘ、更ニ男子ノ同主義者ニモ探リヲ入レテ、夫トナク話ヲシテ見マスト、常ニハ暗殺トカ何トカ言ツテ居テモ、愈々ノ時ニハ到底相手ニナレ相ナ人カアリマセンカラ、東京ノ男モ駄目テ、今後ハ田舎ノ人ニ探リヲ入レテ見ル考テ居リマシタ」。

宮下は、幽月にとって自分が探し求めているその「田舎ノ人」である。その宮下が目の前にいる。宮下は、しかも爆裂弾製造に成功しつつある。幽月の計画しようとしている方向にむけて努力しつつある頼もしい男性であった。幽月は宮下の話を熱心に聞いた。幽月は、古い社会体制を変革していくという革命の目的よりも「大なる破壊」という直接行動に革命感情が結びついている婦人記者あがりで、感情と行動が結びつくタイプの人間で、理性と行動が結びつく秋水とは違っていた。宮下は幽月に会えただけでも東京に立ち寄ってよかったと思った。自分は幽月型の人間らしいと思い同志を得た気持ちになった。

宮下は翌六月七日新宿を発ち生まれ故郷の甲府へ向った。宮下の姉のなかが嫁いだ魚屋の山本文七の家に、七、八、九日の三日間泊まった。六月十日、甲府を発ち同日午後三時半明科に着き、駅前の塚田という旅館に泊まった。翌日からは下宿兼旅館の吉野に移った。

明科製材所は、長野営林大区署に所属する新設の官営工場で、そこには機械工、修理工、製材工、運搬人夫、結束人夫などあわせて五十人ばかりの労働者がいた。

宮下は、明科製材所技手の関山甲太郎にたのんでいたので製材所に入れてもらったが、最初は臨時工として採用され、六月十三日から働くことになった。宮下は亀崎を発つとき、鉄工所から正式に退職する手続きをとらないで、「体がわるいから、信州の温泉に湯治にいく」といって明科行を隠していた。警察の方では宮下の明科行きを尾行をつけてさぐっていた。「山梨県ヨリ六月十日午前九時五十分甲府発列車ニ乗リ、県下松本市ニ向ケ出発シタル処、同人ハ六月十日午後五時頃東筑摩郡中川手村字明科旅館塚田幸八方ニ投宿」と宮下の行動を詳しく長野県警察本部に報告している。六月二十六日には、山梨県から名簿の回送があり、新顔の宮下太吉が長野県社会主義者として早くも視察取締の対象になった。

七月四日に宮下は明科を発って、お盆には少し早いが郷里の甲府へ墓参りに帰った。遠光寺への墓参りへ行く前日に、宮下は染物屋になりすまして甲府の薬屋で塩酸加里二ポンド

（九〇〇グラム）を手に入れた。

薬品買請証
品名　塩剥《エンボツ》
量　弐磅《ポンド》
右者情効峻烈之薬品ニ付、粗忽之取扱不致者勿論、御規則ニ因テ買請証書差出置候也
明治四十二年七月五日
需要目的　染色用
家業　染物業
住所　若松町
姓名　宮下太吉（印）
甲府市柳町三丁目
百瀬康吉　殿

店員は書式も整っていたので別に怪しみもせず、注文通りに二ポンド分を紙袋にに入れて、代金四十八銭とひきかえに、宮下にわたした。
塩酸加里は手に入った。あと鶏冠石をどうして手に入れるか。宮下は七月十日、甲府から明

科にもどってすぐ手紙を書いた。

「小生、先年より鋼鉄細工の事に付種々考察致し、今回いよいよ実行試験を致す可き処、其品の内鶏冠石一種取まぜるに付、薬種店へ買求めに行候処、只今迄の例は煙火用の外売らぬと申候故、誠に困却致し居る次第に候間、何卒御貴君の知人を依《たの》み、煙火用として鶏冠石二斤程買求め御郵送被下度候が如何に候。亦二斤求め兼候はば、一斤にても宜敷、只今試験を致す丈故、好結果の節は如何なる手続きを致しても、買求める心組に候が、只今の処にては試験なれば、アマリ人に知らしてマネされてもと思ひ、かくは貴兄迄御依頼中候」と。

宛先は、三河国碧海郡高浜町字吉浜、石油発動機製作所、内藤与一であった。内藤与一は亀崎鉄工所以来の知合いであった。高浜町一帯が全国でも有名な三河花火の本場であることから、宮下は内藤に世話を頼んだ。宮下は、手紙の末尾に「御貴君に御心配を相掛る如き事は決して是無候間、後日の為、書面に小生の検印致し置き候」という一札を入れた。

七月十八日、宮下は内藤から返事がこないのでもう一度催促の手紙を書いた。宮下は、既に幽月から「新村忠雄と古河力作両人は予て熱心な主義者で最もしっかりしているからこの両人も、此計画を遣るに入れるよう」推挙されていた。宮下は、内藤が当てになるかならないか不安な気持ちになり、以前幽月から聞いていた新村忠雄にも、七月十九日に手紙を書いた。新村はちょうど新宮の大石の家に寄食してた。「爆裂弾製造用の鶏冠石は手に入るか、塩酸加里が無いから送って呉れよ」と、新村にはその内容をストレートに手紙に書いた。

七月二十四日、内藤与一から承諾の返事が来た。宮下はさっそく代金の為替を封入、書留にした上に配達証明書付で送金した。

高浜町では、昔からの風習で、鎮守の祭礼の日に打ち上げる花火の材料を大量に買い入れて、製造人の組合の管理下においていた。

宮下からたのまれた内藤は、友人の毛受静太郎をとおして、管理責任者の村瀬浅次郎に「鶏冠石をわけてもらいたい」と申し入れたところ、「奉納花火の材料だから金で売ることはできない。元どおりの現物で返してくれるなら、わけてやろう」といって注文通り鶏冠石二斤（三百二十匁）を内藤にかしてくれた。宮下の為替がとどいたので、内藤は代金を持っていくと、「金ではうけとれない」と拒まれて、やむなく「品物を買い入れるまで神様にあずけておく」ということにして、原価に相当する八十銭を鎮守の賽銭箱に入れておいた。この鶏冠石二斤（千二百グラム）は七月三十一日に宮下のところにとどいた。

宮下は鶏冠石が届いたので、八月一日、新宮の新村に塩酸加里を「はやく送ってくれ」と催促状を出した。薬局生の新村は、新宮の薬種商畑林新十郎から粉末塩酸加里一ポンド

（四百五十グラム）を買い、それを箱詰めにして明科の宮下に送り届けた。八月十一日粉末の塩酸加里が宮下の許に届いた。爆薬の材料がこれで全部そろった。宮下の精神は計画実現に向けて集中の度合いを強めていった。宮下はこの精神にとりこまれ、日々のくらしからは計画実現という目的以外の色彩が消えていった。新村は間もなく東京の秋水に呼び戻され、八月二十日に新宮を立ち去った。新村はこの塩酸加里の買入れを大石に黙っていた。大石は新村が大石の名を借りて塩酸加里を買入れたこと、その塩酸加里を明科へ送ったことを全く知らなかった。

(5)　宮下太吉は長野県社会主義者として警察の視察の対象となった。松本警察署の刑事である中村鉄二郎、同小野寺藤彦の報告書には宮下太吉は次のように記されている。

「右は社会主義者にして、表面絶縁の挙動を示しつつあるも、元来同派の硬派を主張せる幸徳伝次郎を崇拝し居りて、全く社会主義を断念し、専ら肩書職業（器械職）に専心従事し、正業に身を全うするの決心を認むる能わず、時に決心をひるがえすやの傾向あり、すでにその言を洩しつつありて、危険人物として要視察中のところ、必要ありと認め難き小なる。『ブリキ鑵』を製したるやの説あり、また同主義者として視察を要すべき埴科《はにしな》郡屋代《やしろ》町新村忠雄《にいむらただお》としばしば往復し、東京なる幽月こと管野須賀子、或は幸徳伝次郎と書信し居り、言行一致せざるものなるによって一層注意を要すべきものと思料し」とある。

警察は常に油断なく宮下の動向に目を光らせていた。小野寺は宮下の下宿先の階下にいた。警察は宮下の背後に幸徳伝次郎の影を見て、その同棲者管野須賀子、近くの埴科郡屋代町に住む長野県同主義者新村忠雄との関係や行動にも目を光らせていた。ただ、気になる「ブリキ罐」を他人に依頼して偵察させたがなにもわからず、これを知る方法をどうしたものかと思案していたところ、明科製材所を解雇され家族をひきまとめるために立ち帰ってきた新田融に一応の聞取りをした。新田の話ではブリキ罐は宮下より依頼を受けて二十四個製作し、且つ薬研《やげん》をもって薬品のようなものを粉末にしたことがあるとわかった。二人の刑事は、その際に薬研は誰の手から出たものか、二十四個の鑵はどうしたか、薬品を買入れた事実があるかにつき専ら捜査していたところ、新村忠雄が昨年（明治四十二年）十月頃より十二月までの間に小荷物の取引をしており、あるいはその間に薬研を送り越し、送り返したものか、また薬品の買入れはどうなっているか、よくわからなかった。その中で、製材職工の清水太市郎という者が宮下と親密の関係にあり、多少の荷物を預かっていて、その内状を知っているらしい、との聞き込みがあり、その方面の探偵を進めた。

結局、警察は清水太市郎を通じて宮下の行動を知ることになった。

清水太市郎と宮下との関係は、長野地方裁判所検事局における検事聴取書によると以下の如くであった。

「清水は明治四十二年九月から明科製材所の職工となり、仕事場では宮下太吉と二人組で仕事をした。宮下は職工長であり、入所以来清水は宮下とは懇意の間柄となって仕事をした。

宮下は清水に社会主義の話をいろいろした。社会主義は社会の階級をうちやぶり、すべての人を平等にし、労働者を救い、国民一般の幸福をはかるものである、など清水は聞かされた。清水は宮下の言うことが実感として理解できず、多分正しいことを言っているのであろうが現実に身に迫るものとして聞いてはいなかった。これには、清水が西山製作所長から世話になっていて、所長から宮下のことを注意するように言われていたためかもしれなかった。

清水は宮下がどんなことをするのか、その秘密をさぐってやろうと思い、親密に見せかけて、宮下に信用されるようになった。

宮下は本年（明治四十三年）五月七、八日頃、長さ一尺位、幅五寸位の白木造りの箱二個をもってきて、『これを君に預けるからどこかへ置いてくれ』と言って清水に預けた。清水はそれを受け取り座敷の床の間に置いた。その後五月二十一日午後九時頃宮下が清水の家に遊びに来た時、清水は『あの預かった箱の中に何が入っているのですか』と尋ねた。宮下は

『君とは親しくしているから話すが、その中には火薬を入れてある』と言った。『火薬をどうするのですか』と聞くと、『これで爆発物を作るのだ』と答えた。宮下は続けて、『君のような頭ではまだわかるまいが、人は天皇陛下のことを神様だと思っている者が多いが、そんな迷信を醒《さま》すために、十一月三日の観兵式のとき、陛下に投げつけるつもりだ。君も仲間になったらどうか』と言った。清水は『畏《おそ》れ多いことをいうものだ』と驚き、宮下は大変なことを計画している男だと思った。

清水は、宮下がどんな危険行為をするか知れないから西山所長にひそかに申し上げようと考えた。清水は後の証拠にと思って、『自分は毎日勤めに出て不在になるから、その留守中人に知られては困る。それでどこか他の場所へ隠しておいた方がよいのではないですか』と言った。宮下もそれに同意して翌朝二個の箱を製材所へ持っていき、箱のままでは大きすぎるので、中のものを古新聞紙や雑巾などに包んで機械の据付けてある下の穴と、鍛冶工場内の天井へ、宮下自身が隠した。清水は宮下が隠す場所を見届けておこうと考えて一緒にいた。この時宮下は『爆発物の鑵は新田に作らせたのだが、新田とはずいぶん懇意にしているのに、僕にたのまれて鑵を作ったことを喋ってしまいやがった』と言った。また『爆発物のことは管野須賀子と新村と三人で相談の上で決行することにした』と言った。この計画が役所に知れた時は、自分は決して他言はしないのだから、もし発覚すれば、それは君の口から出たものとして、君も君の妻君も所長もみな同類として引入れるから決して他言してはならぬ』と口止めした。

宮下が爆発物を製材所の工場内に隠した日の午後十一時頃、清水は明科発上り列車で松本市に行き、西山所長宅へ伺い、宮下が重大な悪事を企てていることを話すつもりであったが、折悪しく所長は中房《なかふさ》官林へいって不在であった。清水は奥様にお目にかかり、『本日お伺いしましたのは一大椿事《ちんじ》があってその事情を申し上げたかったのですが御不在なれば致し方ありません』と言ってその日はそのまま明科へ戻った。奥様の話では明後日には帰宅されるとのことでしたが、所長宅で『一大椿事のため申し上げたいことがあってお伺いした』と申してきたので、所長が製材所へ見へられて、工場へ来て一大椿事とはなんだとお尋ねがあると傍《かたわら》に宮下もいることゆえ困ると考えたので、すぐに郵書をもって『一大椿事を申し上げたきにつき、直接工場へお出にならず、それとなく私を事務室にお呼び下されたし』という意味を認《したた》めて差し出しておいた。

清水は、順序として所長の耳に入れれば、所長から警察へ連絡があると考えて、直接自分から警察に申し出なかった。」

中村、小野寺両刑事は、その後の偵察で得た情報を基にして宮下太吉の告発要旨を作りあげた。

「宮下太吉は、社会主義者のいわゆる硬派に属する冒険敢行のおそれのある注意人物として視察中のところ、管野須賀子、新村忠雄、幸徳伝次郎、片山潜等と書信の往来頻繁なるのみならず、新村忠雄は時々出京して、同主義者間を訪問し、また太吉は新村としばしば来往して何事か画策せんとする如き疑いありとのことを偵察し、命により進んで内偵を遂げたるところ、太吉は新村忠雄の兄の善兵衛なる者の周旋により薬研一個を借りうけ、爆発物に要する薬品の調整をなしたるものの如く、且つ昨四十二年十月頃、東筑摩郡東川手村潮ブリキ細工職業方へ小さきブリキ罐数個製作せしめ、これに爆発物を装塡《そうてん》し、ひそかに山中に於て試発したる趣《おもむ》き。

なお太吉は、明科製作所機械職新田融にブリキ罐二十四個を製作せしめたるにより、新田につき取調べたるに、製作の上これを太吉に渡したる趣きなれば、巡査等は五月二十日太吉の住居内を取調べたるに、蓋付《ふたつき》ブリキ罐二十個を押入れ内より発見し、その用途を聞きただしたるに、印章または螺子《らし》など入るものと答え、参考として任意提供せり。よってこれを領置し、さらに進んで太吉の挙動その他爆発物に要する薬品および罐の所在地を厳探せしに、製材所機械部工場内に隠匿せる嫌疑ありしをもって、同所長代理者の承諾を得、清水太市郎に案内せしめたるところ、機械据付の下部より鶏冠石の粉末約五十八分、紙袋入「コナシタ」と表記し、在中塩酸加里約九十五分、茶筒様のものを紙に包みて厳封し二百六十分と記載せる爆発物合剤と推測せらるるもの一個、および清水太市郎方にて発見せるブリキ鑵一個、蓋付鑵十九個（内一個は並鉄製捻蓋のもの）を発見し、以上を新聞紙もしくは褐袢包みとなし、これを五個に分けて隠匿しあり。また鍛冶工場と鉄工場との境界天井裏より爆発物合剤と認むべきものを新聞紙にて包みたる量目約二十七分位のものを発見したり。

右の状況を綜合し見れば、彼等密謀の結果、他人に対し危害を加えんとする目的をもってここに爆発物を製造したるものなり。」

松本警察署は五月二十五日宮下太吉を準現行犯逮捕し、その日に小山警部が「第一回訊問調書」をとり、爆発物取締罰則違反被告事件として、被告宮下太吉と新村兄弟、計三人の身柄に「本件ハ事体頗ル複雑ノモノ」という意見書をつけて、長野地裁検事内村晟あてに送致した。松本警察署長は、直ちに長野地方裁判所検事正にその内容を報告した。三家検事正はその内容が大事件であると思料し、爆発物の材料もあり、出来た爆裂弾もあるから所謂刑法第七十三条の犯罪であると思料し、検事総長の指揮を請うために直ちに二十七日に上京した。松室検事総長は考慮した上で、清水太市郎の供述だけでは未だ刑法第七十三条の罪として起訴すべき程ではないから、先づ爆発物取締罰則違反として一応捜査すべしと指揮し、事件は甚だ重大であると見て、即日、東京地方裁判所の小原検事に長野地方裁判所に出張を命じ、「長野地方裁判所検事事務取扱ヲ命ズ」という辞令を交付した。

小原検事は直に長野へ出張し、長野地方裁判所の次席検事であった和田検事と両名で被告人を調べた。

和田検事と小原検事は、まず密告者の清水太市郎をよんで「聴取書」をつくった。

五月二十五日、明科の家に踏み込んできた小野寺巡査、中村刑事に宮下から聞いた天皇暗殺計画を供述した清水は、五月二十六日松本警察署によびだされて、小山警部の前で供述し、翌二十七日、松本支部検事局に出頭して内村検事の前で供述し、二十八日には長野の検事局でも供述し、同じことを連日の四日間、繰り返さなければならなかった。特に「宮下カ管野、新村ト共ニ今年ノ天長節ニヤル事ニ相談カ出来テ居ルト云ッタ」という清水の証言は、まだ不確定であった天皇暗殺計画が十一月三日の天長節に決行の日取りを決めたものと受けとられた。

密告者の清水太市郎の「聴取書」をつくった和田、小原の両検事は宮下の取り調べを開始し、五月二十九日、その自供に基づいて宮下の「聴取書」を作製し、二人で署名した。

長野県地方裁判所検事局における宮下太吉自供の検事聴取書は次の書き出しからはじまっている。

「東筑摩郡中川手村明科居住

明科製材所職工

宮下太吉　三十六年

右明治四十三年五月二十九日

被告事件ニ付

本職ノ通知ニ依リ、長野地方裁判所検事局ニ出頭シ、任意左ノ陳述ヲ為シタリ」

宮下は、自分が無政府共産主義者になったことについて次のように自供した。

「私は甲府市の小学校を卒業し、その後は独力で機械を研究し、諸所の機械工場におりました。私が社会主義者になったのは明治四十一年頃『平民新聞』を見てからでありますが、それ以後は社会主義、無政府主義に関する日本文の書物はほとんど読みつくし、もっとも熱心な無政府共産主義者になりました。」

無政府共産主義者としての行動について、

「私は無政府共産主義者でありますから、主権者の存在を否認しております。四十一年六月に錦輝館《きんきかん》の赤旗《あかはた》事件のため、われわれの同主義者が入獄することになり、その記念として同九月頃、内山愚堂が作った『無政府共産』と題する小冊子をみて深くその意見に賛成し、その冊子を諸所に配ってわれわれの主義に賛成を求めましたが、たいていの人はそこに書いてあることがあまりに過激だというので賛成する人がありませんでした。そこで私は、尋常の手段ではわれわれの主義の伝道が困難であるから、我国の元首である天皇を斃し、神と思われている天皇もわれわれ普通の人間と同じく血の出るものであるということを知らせ、天皇に対する迷信を打ち破ろうと思い、機会があったら爆裂弾をもって天皇をやっつけようと決心いたしました。」

爆裂弾の製法の研究について、

「当時私の手許にあった『国民百科辞典』を調べて、塩酸加里、鶏冠石、綿火薬などの部分を読みました。が、それだけではよくわかりませんでした。幸い亀崎地方は花火の製造のさかんなところですから、爆裂弾の作り方を知っているものが多いと思いまして、当時亀崎工場の職工で、よく花火を製造している徳重という男に事情を明かさないで爆裂弾の製法をききましたけれどなかなか教えてくれず、ようやく昨年四、五月頃に「流星」という花火の製法を教えてくれました。爆裂の薬は塩酸加里十に対して鶏冠石五の割合でできることを知りました。」

塩酸加里と鶏冠石の入手について、

「ようやく昨年六、七月頃、三河国碧海郡高浜村の機械製造業内藤与一に、自分は地金から鋼鉄を作る方法を発明したが、それには鶏冠石が必要だから君の手から買ってくれと一円を渡し、二ポンドを買ってもらいました。そのとき本人に迷惑がかからないようにと思い、自分が買ったに間違いないと証明書を渡しておきました。これらはすべて手紙で往復しました。その後ほかの薬も染色用として買入れました。そして薬もととのいましたから、昨年九月頃新村が私方へきたとき、薬研《やげん》を買ってくれと頼みましたところ、買うのは危険だから、ほかから借りてやると言い、十月になって新村の兄の善兵衛から薬研を送ってくれました。」

爆裂弾計画の実行について、

「この爆裂弾の計画をはじめてから、自分だけでは実行が困難ですから、同志をつくろうと思い、昨年一月頃、まず幸徳秋水に私の計画を話して賛成を求めましたところ、幸徳は何となく仲間に入ることをためらい、そのような方法も必要で、今後そのようなことをやる人間も出なければならぬと申しました。私は幸徳はとても仲間に入れることはできぬと思い、それから森近運平にも話しましたが、森近は自分には妻子があるから仲間にはなれぬと申しました。幸徳には巣鴨の平民社で、また森近には同じ巣鴨の同人宅で話したのであります。

その後、昨年四月中に亀崎から手紙をもって管野須賀子に幸徳や森近に話したと同じ事を書いて仲間に入るようすすめてやりましたところ、管野からはいずれ会って直接話そうという返事がきました。それから同年六月、私が亀崎から明科に転勤になって行ったとき途中平民社に寄って管野に会いましたが同人は別に賛成とも不賛成ともいわず、ただ、新村忠雄と古河力作が革命運動に熱心だから、この二人ならやるだろうと言っただけでした。その後月日は忘れましたが、管野からは新村に手紙でもやったものと見え、当時紀州新宮の大石方にいた新村から私のところへ爆裂弾のことについてはいずれ話をするから、住所をたえず知らせてくれという手紙がまいりました。」

爆裂弾製造について、

「私の宿の望月方には、階下に小野寺という巡査がいて工合が悪いと思いまして、新田融にすべての計画をうちあけて、同人宅で製造いたしました。

新田は当時熱心な社会主義者で、私がこの計画を話しますと、同人も仲間に入ることを承諾し、製造に直接手は下しませんでしたが、私が製造するのを傍で見ておりました。本年五月はじめに、爆裂弾の鑵二十四個を製材所の工場でつくってくれた位で、その時同人には、もし人にきかれたらノミ取粉を入れるのだと言えと申しておきました。」

（二）刑法第七十三条

(1) 明治四十三年五月三十一日、長野地方裁判所の三家検事正は、事犯が天皇に危害を加える目的とみなされる以上、事件が大審院の特別権限に属し、捜査もまた検事総長がおこなうことになるので、事件を検事総長に送致する手続きをとった。

長野地方 検事局	明治四十三年五月三十一日 日記　第百八十号

送致書

（戸籍、身分、住所、年齢略）

宮下太吉

新村忠雄
新村善兵衛
菅野須賀子
新田融
幸徳伝次郎
古河力作

右七名爆発物取締罰則違反事件検査候処、本件ハ刑法第七十三条ニ該当スル犯罪ニシテ、裁判所構成法第五十条第二項ニ依リ、貴庁ノ管轄ニ属スルモノト思料シ候条、刑事訴訟法第六十四条第一項ニ従ヒ、別紙目録通訴訟記録並ニ証拠物件相添へ、本件及送致候也。

明治四十三年五月三十一日

　長野地方裁判所検事正　三家重三郎

大審院検事総長　松室致殿

事件送致にともない、大審院検事局中心に捜査本部が設置された。本部の首脳は、松室検事総長、平沼大審院次席検事（民刑局長兼任）。控訴院の河村検事長、東京地裁の小林検事正であった。この本部首脳が会議の上、総ての捜査方針を決めた。捜査本部は、東京地裁の検事正室の中におかれた。

大審院検事局首脳は、関係者七名のうち幸徳伝次郎を最も重視した。長野地裁からの事件送致書においては幸徳伝次郎は七名中の第六番目に記載されている。明治四十三年五月三十一日時点では、幸徳伝次郎は湯河原に滞在中であり、小原検事は和田検事と共同して、まず、天皇暗殺計画に関する宮下の自供をとり、ついで新村弟を共犯関係の自供に追いこみ、さらに古河を追求したが幸徳伝次郎の名前は出ても、幸徳の共犯関係を具体的に裏づける供述はついに得られなかった。しかし、たとえ、容疑が想像されるにせよ、まだ一度も取調べをおこなっていない、大逆事件にひっかかる証拠もつかんでいない幸徳伝次郎を、大審院検事局首脳は、関係者七名のうち最も重視した。首脳一同は、幸徳伝次郎はこの事件に関係のない筈は無いという意見であった。管野須賀子は幸徳の内縁の妻であり、新村忠雄も宮下太吉も、幸徳に無政府共産を鼓吹せられ、弟子同様となっている者であるから、幸徳が此の事件に関係のない筈は無い、と断定した。

大審院捜査本部は評議した結果、その事件は幸徳伝次郎を首魁とするものと判断し、しかも、明治四十一年にまでさかのぼる事件と思料し、「請求書」を作成し、即日、大審院長の横田国臣に予審請求の手続きをおこなった。この予審請求は現在の起訴と考えられるものである。

請求書
高知県幡多郡中村町百九十三番地　平民
著述業
幸徳伝次郎　四十年
長野県埴科郡屋代町百三十九番地　平民
農
新村忠雄　二十四年
福井県遠敷郡雲浜村大竹原百九番地　平民
草花栽培業　当時東京府北豊島郡滝野川村大字滝野川百二十二番地　印東熊児方
古川（河）力作　二十七年
京都府葛野郡朱雀野町聚楽廼豊楽西町七十八番地　平民
無職　当時東京府豊多摩郡千太ヶ谷九百二番地　増田謹三郎方
管野スガ　二十九年
山梨県甲府市若松町九十七番戸　平民
器械職工　当時長野県東筑摩郡中川手村字明科　望月長平方

宮下太吉　三十六年
長野県埴科郡屋代町百三十九番地　平民
農
新村善兵衛　三十年
北海道小樽区稲穂町四番地ノ五号　平民
器械職工　当時秋田市追回町十五番地　高橋常松方
新田融　三十年
右者別紙証憑書類ニ顕ハレタル如ク、刑法第七十三条ノ罪ヲ構成スル行為ヲ為シタルモノト思料候条、予審判事ヲ命シ、予審ヲ開始セラレ度、証憑書類相添へ、裁判所構成法第五十条二号、刑事訴訟法第三百十三条ニ依リ、此段及請求也。
明治四十三年五月三十一日
大審院検事局ニ於テ　検事総長検事　松室致
大審院長法学博士　横田国臣殿
この「請求書」に添付された。「被告事件ノ摘示」は、いわば起訴状にあたるもので、次のように記されている。

「被告幸徳伝次郎外六名ハ、他ノ氏名不詳者数名ト共ニ、明治四十一年ヨリ、至尊ニ対シ危害ヲ加ヘントノ陰謀ヲ為シ、且其実行ノ用ニ供スル為メ爆裂弾ヲ製造シ、以テ陰謀実行ノ予備ヲ為シタルモノトス。」

大審院検事局首脳は、長野地裁からの送致書をもとに、大審院としての起訴内容を構想した。首脳は、天皇暗殺計画事件をその計画を立てた宮下太吉を中心にして起訴するのではなく、宮下の、無政府・社会主義思想における指導的立場にある幸徳伝次郎を中心に捉え直して起訴する判断に立った。首脳は、天皇暗殺計画は根本において幸徳伝次郎の無政府・社会主義に結びつき、そこから発しているものと捉え起訴内容を構想した。首脳は、宮下ではなく幸徳たちの無政府・社会主義運動との関連で「至尊ニ対シ危害ヲ加ヘントノ陰謀ヲ」「明治四十一年ヨリ」「為シ」たものと判断した。首脳がこの事件を明治四十一年にまでさかのぼって捉え直す契機となったのは何であったか。諸書によれば一つは赤旗事件と呼ばれるものであり、もう一つは西園寺内閣の総辞職が挙げられている。

① 赤旗事件

『日刊平民新聞』五十九号（明治四十年三月二十七日）に山口狐剣は「父母を蹴れ」を書い

て投獄された。筆禍をまねいた「父母を蹴れ」は両親を足げにかけよ、というような非人間的な主張を書いたものではない。闘争する社会主義者にむかって、封建的な家族制度からの完全な独立を求めたにすぎなかった。

山口孤剣は一年二ヶ月の刑期をおえて、明治四十一年六月十八日仙台監獄を放免され、夜汽車にゆられて十九日午前九時半上野駅につき、久しぶりに東京の土を踏んで、同志の出迎えをうけた。駅前には、「山口君歓迎」「社会主義」「革命」など書いた赤旗が朝風に翻っていた。

山口孤剣をのせた人力車のわだちが上野の人ごみに消えていったかと思うと、いずれ大杉栄か荒畑寒村の音頭とりであろう、赤旗のまわりに集まった青年たちが「革命の歌」を元気よく歌いまくっていた。

　圧制、横暴、迫害に、
我等いつまで屈せんや、
我脈々の熱血は
飽くまで自由を要求す、
ああ革命は近づけり
ああ革命は近づけり

日本の赤旗を先頭にして、示威行進に移りかけた時、十数名の巡査を連れて警戒にあたっていた下谷署の警部が、その行進を阻んで「旗をまけ」と命令を下した。だが青年たちは警官の命令に従うこと無く、四本の旗は、反抗を示すかのように一段と高く掲げられた。警官たちと青年たちは小競り合い、警官隊は、いちばん猛烈に暴れ回っている赤旗の旗手に向ってとびかかっていった。赤旗を守っていた荒畑寒村は警官隊の暴力に最大限の抵抗を試みた。もみにもんでいたが、寒村は両手を高く後にねじ上げられた。寒村は「無政府主義万歳」と叫びながら駅前の交番へズルズルと引きずられていった。つづいて、二人の警官に両手をおさえられた百瀬晋が交番へおしこまれたが、膝頭で警官の急所を蹴り上げたり、駒下駄で蹴り飛ばしたりして抵抗をやめない。これをみて大杉栄と村木源次郎が火の玉が転がり込むように交番の中へとびこんでいった。中で万歳を叫べば外でも万歳を叫ぶ、それに勢いを得た同志の人々がワーッと交番めがけて洪水のように押しよせた。その人間の大波がひいたあとには、検束された人間も、奪われた赤旗も、なにひとつ警官の手に残っていなかった。

四本の赤旗はふたたび行列の先頭にひるがえった。熱狂した彼等は「革命の歌」を怒号しながら、上野の広小路へねりだしていった。赤旗の行列は途中になにものにも遮られることなく、春木町をへて金助町にある東京社会新聞社の前に到着、山口狐剣の出獄万歳を叫んで無事に散会した。

キリスト教社会主義者の石川三四郎は、戦線統一の立場から、硬軟両派の合同で山口狐剣の出獄歓迎会を開こうと考えた。

山口君歓迎会

一、六月二十二日午後一時より

一、上野公園三宜亭

一、会費金二十銭

御来会を乞ふ

日時は六月二十二日、会場も上野公園の三宜亭を借りうけることに決まっていたが、先日の赤旗行進の一件を根に持った下谷署の妨害があって駄目になり、近くの東花亭にかけあってみたが、警察の手がのびていて、やはりここも話を壊されてしまった。それでは、河岸をかえて神田にしようということになって、急に会場を錦町の錦輝館に変更した。

六月二十二日の午後一時すぎから、神田錦町の錦輝館の楼上で開かれた山口狐剣の出獄歓迎会は、発起人代表の石川三四郎の開会の辞、両派代表の西川光次郎、堺枯川の歓迎の辞、山口狐剣の挨拶などがすんで、余興のプログラムにはいっていった。来会者は七十名をこえ、女や子どもの姿も見えたのは闘争的な演説会とは違っていた。有志の寄附した余興はなんとなく革命家の気分を高めるようなものが選ばれていた。そのうちに会場の気分がだれてきて「つまらないから、やめろ」というヤジがとびはじめた。ふいに立ち上がった大杉栄、荒畑寒村、百瀬晋らの一団が、場内の一隅に立てかけてあった三本の赤旗を持ちだしてきて「無政、無政、無政府光万歳」「アナ・アナ・アナーキー」と、さかんに旗をふりながら彼らのエールを高唱した。そのエールが蛮声の「革命の歌」にかわったかと思うと、彼らの一団は、赤旗をかかげて場内をねり歩きはじめた。

　我が子は曽て戦場に
　彼等の為に殺されき
　老いたる父もいたましく彼等の為に餓死したり
　ああ革命は近づけり
　ああ革命は近づけり

　誰も制止するものがいないし、混乱もおこっていない。赤旗の乱舞と革命家の絶叫、大杉の赤旗を先頭に、階段を勢いよく下りていった。この青年の激流をはばむ者が行く手にあった。神田警察署の巡査部長である大森今朝太郎が、多勢の警官を引き連れて会場の出口に待ち構えていた。「無政府」の赤旗をかついだ大杉栄が、会場をあとに、前庭を横切り、錦輝館の門を出ようとしたとき、そこで待ち構えていた大森今朝太郎、瀬戸佐太郎、石丸次郎ら数名の警官につかまった。

大森巡査部長が「旗を持って歩いてはいかん」と声をかけて注意した。その注意の声は大杉の耳に入っていない。警官隊がとびかかって赤旗を押収しようとした。大杉は素直に渡すような男ではない。大杉と警官隊ともつれあった。そこへまた「無政府共産」の赤旗をかざした荒畑寒村の姿が出てきた。生理的必要に迫られて彼が館内の便所に入って用を足していたひまに、ワーッという喊声が聞こえたので赤旗をさげてあわてて表へとびだしたのである。この二番目の赤旗を見ると、警官隊のうちの杉浦孝八、溝口栄之助、小林三郎ら数名の巡査がいきなり寒村を取り囲んで、大切な赤旗をとりあげようとした。「理由をいえ、理由をいわねばぜったいに旗はわたさん」、寒村は顔を真赤にしてどなりつけていた。たとえ警官が法律上の理由を並べたとしても、彼が敵の手にやすやすと赤旗をわたすような男ではなかった。つづいて小さい「革命」の旗を持った百瀬晋と宇都宮卓爾が出てきた。二人はこの形勢におどろいてさっそく寒村と白服の警官のあいだに割ってはいった。

「無政府」「無政府主義」「革命」と大小三本の赤旗が殺気をはらんだ神田錦輝館前の街上に

ひるがえった。村木源次郎、森岡永治、佐藤悟、徳永保之助ら同志の面々と、管野須賀子、神川マツ子、小暮れい子、大須賀さと子、堀保子ら婦人同志が会場から出てみると、「理由なく所有権をうばうやつは強盗じゃないか」と大杉栄がいきり立って、赤旗を取り上げようとする警官を突き放しているところであった。血の気の多い村木や森岡らは群がる警官をおしのけて、すぐさま大杉のまわりに人垣をつくって、赤旗の旗手を助けようとした。

三流の赤旗は或は高く揚《あが》り、或は低く隠れる。一人の警官が身構えて近づいてきた。ふと顔をみると年寄りの警官ではないか。こんな老巡査を殴ってはかわいそうだと、人情家の寒村が心をひるませた瞬間、数名の警官がバッタのようにとびかかってきた。殴る、蹴る、突き飛ばす。乱闘を繰り返すうちに寒村はいつの間にか警官隊の包囲のなかにおちこんでいた。寒村は竹の旗竿にしがみついて、いくら殴られても離さなかった。百瀬と宇都宮も加勢して必死になって「無政府共産」の赤旗を守ったが、多勢に無勢、あらゆる抵抗もむなしく旗竿にしがみついたまま、ズルズルと警察署の方へ引きずられていった。

神田錦町三丁目の錦輝館の建物のとなりは、百科学校といって清国留学生の学校があり、電気学校の校舎と軒を並べていた。神田警察署までのあいだに、正則英語学校、正則中学校、国民英学会などが校舎をつらねていて、いわゆる神田の学校街の半分くらいがその一画にあつまっている。時ならぬ騒ぎにおどろいた学生や生徒が方々の学校からとび出してきた。学生たちは遠巻きにして眺めていたが、数が増えてくるにつれて格闘の現場に近寄ってきて、すもうの見物人のような喊声をあげていた。荒畑寒村らが竹の旗竿にすがりついたまま引き摺られていくあとから、物珍しそうに学生たちがゾロゾロついてくる。道の両側の校舎の窓から首を出した学生たちがワアワアとはやしたてていた。

錦輝館の前で、警官隊ともみあっていた大杉栄は、彼等のエネルギーが寒村のグループへさかれていくらか手薄になった隙に、白服の包囲線をやぶって「無政府」の赤旗をかついだまま強引に一ツ橋通りへ押しだしていった。

赤旗を中心として人の渦巻がながれて、高商まえの道路を舞台に、また新しい激闘の場面ができた。そこへまた第二回目の白服の応援隊がサーベルをガチャつかせながらかけつけてきた。あたりの空気は一層ものものしくなった。それに勢いをえた警官隊が赤旗をとりあげようとして、旗手の大杉栄に狼のようにおそいかかった。大杉は自分でも思ってもいなかったほどの力強さでもって群がる敵と闘っていたが、ついに力つき、赤旗から引き離されてしまった。大杉を取り囲んでいた警官隊は、手取り、足取りして、そのまま大杉を警察署の方へ引っ張っていった。闘将大杉栄はついに敵の手におちたが、「無政府」の赤旗は村木源次郎が死守していた。警官隊の後藤栄吉、前田惣吉に、宮園、催の両巡査が加わってようやく村木を引き離したあとでも、赤旗は佐藤悟が守り、けなげな婦人同志がかばって敵の手に渡していなかった。

堺枯川と山川均は、一番最後に錦輝館から出てきた。おもてに出てみると黒山の人だかりのなかでさかんに赤旗の争奪戦が演じられている。二人はさっそく同志と警官隊の間に入って、赤旗騒ぎを鎮めようとした。老練な枯川は「そんな乱暴なまねをしなくてもいいだろう」という調子で、興奮している警官たちをなだめにかかった。結局、「それでは、旗をまいていけばよろしい」ということになり、一応休戦条約がまとまった。枯川と山川は憤慨する同志たちを説得して、「無政府」の赤旗を巻かせ、「女なら間違いはおこるまい」というわけで神川マツ子に持たせることにした。

「寒村が神田署にひっぱられたんですって。私、面会にいってくるわ」、管野はかつての愛人の寒村が警官の手に捕らえられた知らせを聞くと、そのままにしておくことができなかった。「じゃ、私もついていってあげるわ」神川は、巻いた赤旗を堀保子に預けておいて、管野と二人で元きた道を引き返し、神田警察署へ急いで向った。枯川と山川の二人も、捕まった大杉栄を引受に同じく神田署へ行くことにして赤旗の一行と別れた。

そのあとで「無政府」の赤旗は、堀保子の手から大須賀さと子の手に渡された。彼女たちは、家へ帰るつもりで神保町の方へ歩いていたが、巻いてあった旗がふとした拍子にほどけたのを見とがめて、巡査の横山玉三郎がいきなりとびついてきた。「話はついているはずじゃないか」。ただひとりの男性の徳永保之助が、か弱い旗手を守って巡査の接近を遮ろうとした。「旗を巻いていけというのに、命令に背くのはけしからん」。さらに巡査の石丸次郎が加わって赤旗をもぎ取ろうとする。徳永が巡査の胸ぐらをつかんで防いでいる間に大須賀は逃げようとしたが、ついに力及ばず、柳の木の下で最後の赤旗を敵の手によって奪われてしまった。

神田署へ乗り込んだ管野須賀子と神川マツ子の二人は、捕まった荒畑寒村に面会を申し込んでみた。「とんでもない話だ」と一言のもとに撥ねつけられてしまった。堺枯川と山川均は二人の女性のあとに続いて神田署の近くまで来たが、考えてみると、今日の様子では検束者を釈放してもらえそうもないので、「家へ帰って毛布でも差入れしてやろう」という話になり、きびすをかえして元の一ツ橋通りへ出ることにした。

高商前の道路をさいごまで赤旗を死守して健闘した佐藤悟は、袖がちぎれて、着物がズタズタにやぶれた姿で電車に乗り神田橋方面へ脱出しようとしたが、とうとう非常線にひっかかった。森岡永治も疲れて道ばたで休息しているところを警察隊に捕まってしまった。

一ツ橋通りへ出た枯川と山川は、赤旗を奪われてガッカリしている堀保子、大須賀さと子、小暮れい子、徳永保之助の一行と合流した。神保町の停留所から新宿行きの電車にのって柏木の家へ帰るつもりで道を急いでいると、一ツ橋通りの交番の前で呼び止められた。「君たちは錦輝館のかえりか」「そうです」と答えた瞬間、交番のそばで待ち構えていた警官隊が一行を取り囲んで、堀保子をのぞくあとの五名をそのまま神田警察署へ引っ張っていった。

これで無政府派の目ぼしい闘士に婦人を加えて十四名の同志が一網打尽に検挙された。

② 西園寺内閣の総辞職

赤旗事件が世間を騒がせて間のない明治四十一年七月四日、公爵の西園寺公望の率いる政友会が、突然に、ある識者が言うように「風もなく音もなく」総辞職した。五月に行われた総選挙で政友会は百八十五名の当選者を出して衆議院の絶対多数を占め、貴族院の研究会、木曜会をもち、大勢力を有していたにも拘らずのことであり、この総辞職は世人を驚かした。

原敬日記（明治四十一年六月二十七日）に次の文章がみられる。

「西園寺より余と松田に内談あるに付大磯まで来会あらん事を昨日求め越したるに因り、本日十時松田と共に大磯に赴き西園寺に面会せしに、近来多病にて今日まで強て留職せしも到底其任に堪へず、依て辞職せんと云ふに付、余は時機甚だ悪し、今日病気にて辞職するも誰も病気の為めと思ふ者なし、来年まで即ち此冬の議会を終りたる後公々然内閣の際限なく持続するは国家の利益にあらず、との趣旨を以て辞職するを上策とす、それが出来ずば此秋予算編輯を終りたる後にすべし、之を中策とす、今日辞するは最下策なり、然れども強て辞職するとならば、少くとも病気にて已むを得ざる情況を事実に示して党員の諒承を自然生ずる様にせざれば前途甚だ妙ならずと切実に忠告して再考を求めて置きたり。松田も殆ど同意なり。要するに西園寺の病気も事実なれども、同人は意思案外強固ならず、且つ注意粗にして往々誤あり、随分今日まで苦心惨憺現内閣を維持し来りたるに因り、余も強て現職に留るのを慫心もなけれども、幸にして我党過半数を占めたる今日に於て、未だ一回の議会を経過せずして辞職するは如何にも妙ならず、党員の失望も察せらるるに因り、辞する場合には外に恐なく内の調和を主とせざるべからざるは肝要の事なるに因り、切に注意し、遂に再考する事となして分れたるも、多分彼は其注意を翻すこと出来得ざるらん。惜しむべきことなり。」

原敬は、西園寺が病気を理由に内閣を辞職すると云うことに対して辞職の理由が病気であることを誰も信じないと断言している。辞職の理由は病気以外の何かであることを誰もが察するであろうことを原敬は知っている。選挙で絶対多数の勝利をおさめた政友会を背景に西園寺が、財閥、官僚と結んだ元老の圧迫と戦おうと思えば戦えた筈であると特に党員は思ったであろう。西園寺は正面衝突を避けて政権維持を放棄した。原敬は、西園寺が意思案外強固ならず、且つ注意粗にして往々誤りありと断じ、三つの忠告を与えたが、病気を理由に辞職することに再考を約したが、辞職の意思を翻すことはできないであろうと思った。

明治四十一年度の予算編成にあたって、約一億五千万円の歳入不足に苦しんだ西園寺内閣が紙幣増発の計画を立てて財政難を切り抜けようとしたとき、元老の松方正義と井上馨が猛烈に反対して、増税を断行しても財政の基盤を固めなければならぬと政府に干渉してきた。その結果、政府が屈服して予算を組みかえ、一部は事業の繰り延べ、一部は増税を行って収支の均衡を保つことになった。予算の実行難におちいった西園寺内閣は編成をかえようと思っても元老の山県を背景にもつ軍閥の強硬な反対があって軍事費の削減に手をつけることができず動きがとれなかった。

西園寺内閣の総辞職は財政的な理由だけによるものではなかった。思想問題も西園寺内閣をゆさぶっていた。元老の山県有朋は社会主義者の運動について明治天皇に密奏をおこなった。これは西園寺内閣を総辞職に追いやる一押の大きな力となった。原敬はこの辺の事情について日記（明治四十一年六月二十二日）に記している。赤旗事件のあった翌日、西園寺内閣の内相である原敬は官中に参内した。そしてそのことを日記に記した。

「先日徳大寺侍従長より社会党取締に関し尋越したるに付、病中故警保局長を差出さんと返事せしに、書面にて送附ありたしと云ふに付、取調書差出し置きたるも、尚ほ本日参内し親しく侍従長と内談せしに、同人の内話によれば山県が陛下に社会党取締の不完全なることを奏上せしに因り、陛下に於せられても御心配あり、何とか特別に厳重なる取締もありたきものなりとの思召もありたり。（中略）兎に角山県が右様讒構に類する奏上をなしたりと云ふに付、尚ほ詳細今日まで取締の現況を内話して奏上を乞ひ置たり。（中略）本日はもはや一時にて奏上の時間なきに因り徳大寺に篤と内話して奏上を依頼して退出せり。」

赤旗事件がおこる前から侍従長は社会党取締についていろいろ原敬に尋ねていた。原敬は病気中で警保局長を差出して説明させようとしたが、侍従長は書面で説明するよう求めたので原敬は取調書を提出していた。赤旗事件がおこり、原敬は事件の翌日参内して侍従長を訪れた。侍従長に会ってみると、社会党の取締について自分たちのしている取締が不完全であると山県が天皇に奏上していることを聞き、更に天皇陛下も心配し、何か特別に厳重な取締もありたきものなり、と思召のあることを聞き原敬は大いにおどろいた。天皇陛下を心配させ、陛下が社会党について特別に厳重なる取締もありたきものなりと思召されたことは、内相としては黙っていられなかった。自分たちは決して手をぬくようなことはしていない。原敬は今日までの取締の現況を詳細に侍従長に話してその内容を奏上するよう頼んで退出した。宮中の習慣として臣下の拝謁、上奏は午前中に制限されているので、その日は一時をまわっていたので自ら上奏できなかった。二十五日の日記に次の文章がみられる。

「参内して徳大寺に面会せしに、同人より大体奏上し、陛下に於せられても俄かに如何ともなすべからざる事情を御了解ありたりと云へり。次で拝謁して前内閣已来今日に至るまで取締の沿革、政府の方針、在米国の社会党に対する処置、長崎に居る露国社会党に対する処置、其他将来社会党に対する処置は、教育、社会状態の改善、取締の三者相待つに非ざれば其功を奏し難き事を奏上し、陛下に於せられても俄かに如何ともする事能はざる事情御了解ありたるが如く拝察せり。」

原敬は、社会党取締について天皇陛下に直々に説明しなければ心が落ち着かず参内した。社会党取締については「教育、社会状態の改善、取締の三者相まっておこなわなければ其功を奏することはむずかしい」と奏上し、現内閣の方針と実践について申し述べた。陛下もこの問題については俄かに如何ともすることができない事情を了解されたものと察し、原敬は胸のつかえをおろした。

内相の原敬が宮中から退出してくると、首相の西園寺は、すでに大磯の有隣庵へ退避したあとであった。そして、二十七日、西園寺の求めに応じて原敬と松田は大磯の西園寺を訪ねた。

七月二日の日記に次の文章がみえる。

「西園寺を訪ふ、西園寺は本日閣僚を招き各別に辞職の趣旨を告げたる趣、其言ふ所によれば、寺内は山県より其職を辞すべき旨勧誘せられたる由内密に物語れりと云ふ、蓋し山県はこれにより内閣を破壊せんとしたるものにて、寺内が俄に之に応ぜらりしは内閣破壊の張本人となる事を避けたるが為めならん。山県の陰険は實に甚だしと云ふべし（先頃は社会党に対する取締の緩慢なる事を内奏し、其他新刑法は不敬罪等に対して緩なるは現政府が忠君の念慮に乏しき為なりと内奏し、夫が為めに裁判官等謁見の際特に侍従長より大審院長及び検事総長に質問あり、横田、松室等奉答したる事あり）と云ふ。」

山県は、現政府の社会党に対する取締が緩慢であると内奏しただけでなく、現政府が忠君の念慮に乏しいと内奏した。西園寺はこの内奏に耐え得なかった。

原敬日記（七月四日）に次の文章がみられる。

「首相始め閣員一同辞表を取纏めて西園寺参内拝謁して呈出せり、侍従長より追って御沙汰ある迄は従来の通り職務を執るべき旨閣員に御沙汰ありたり。」

西園寺内閣が倒れ、七月十四日、山県系官僚を背景として第二次桂内閣が誕生した。この内閣は誕生の経緯からして社会党に対する思考は、前内閣とは明確に異なっていた。前内閣は、社会党に対しては「教育、社会状態の改善、取締」の三者を綜合して思考する。第二次桂内閣は「取締」を厳にするという思考に立つ。忠君の念慮に乏しいと山県に内奏された司法は、大審院長の横田、検事総長の松室が参内し、天皇に謁見の場で侍従長より質問され奉答する場面に身を置いた。横田、松室は、桂内閣において厚い忠君の念慮の下に思考する。松室が横田に提出した「請求書」は、明治四十一年のこのような状況が深く関わっていた。

大審院検事局首脳の構想において、事件に関連する時間が大幅に拡大されただけではない。容疑者の人数もひろげられた。「被告幸徳伝次郎外六名ハ」「他ノ氏名不詳者数名ト共ニ」と適示にある。この辺の事は『平沼騏一郎回顧録』の中にある「大逆事件」の項目の文章に語られている。

「大逆事件の一番の首級は、幸徳秋水（伝次郎）である。秋水は、佛蘭西に行ってゐた時①、露西亜のクロポトキンの無政府主義を学んだ。故に秋水は、共産主義者でなく、無政府主義者である。無政府主義と云ふのは、権力を認めない。それでは何で社会を維持するのかと云ふと、相互扶助によると云ふのである。（①幸徳は佛蘭西には行っていない。）

秋水は、日本の政治組織を破壊するには皇室を破壊しなければならぬ、と大逆を企てた。

熊本、紀州（新宮）など諸所に連累がゐた。信州で爆弾の製造をしてゐた。三家重三郎が長野の検事正で、この爆弾製造を探知して飛んできた。三家もひょっとすると、かつがれるかもしれぬ、といって、そのままにするのも本当なら大変である。それ丈けの端緒であれば、取扱はねばならぬと考えた。

大逆事件は、検事総長の主管である。その指揮を受けねば、検事は働けぬ。そこで事件をどう扱うかと云ふ事を評議した。事件が本当であれば、秋水は首魁に違いない。先づ幸徳を捕へねばならぬ。」

捜査本部首脳の中心人物であった平沼騏一郎の「秋水は首魁に違いない。」という判断に導かれ「先づ幸徳を捕へねばならぬ」という決断が捜査本部首脳を支配した。そして幸徳の連累として熊本、紀州（新宮）が視野の中に入れられ、容疑者の範囲がひろげられ、捜査の網が拡大された。大石誠之助はこの拡大された網にかけられてしまった。大石誠之助は「他ノ氏名不詳者数名」の中に含まれてしまった。回顧録の中で平沼は語る。

「そこで、熊本、紀州、信州多方面に亘って検事を派遣し、一味を一斉に検挙した。その時の総理は桂で、内務大臣は平田東助、司法大臣は岡部長職《ながもと》であった。下手に各府県が手柄争ひをしてつつくと困るから、各府県知事は検事総長の指揮によれと内務省から訓令を出し、秩序よく運んだ。この事件は検事総長の指揮の下秘密裏のうちに進められた。

予審は大審院でするのであるが、大審院判事は心もとない。そこで東京地方裁判所長の鈴木喜三郎に通じて大審院に命令させ、潮恒太郎を予審判事としてやらせた。

この事件の進行を知っていたのは、司法大臣、内務大臣、警保局長、司法省では民刑局長の私と次官、大審院では板倉松太郎検事、地方裁判所では小林芳郎検事正、それに潮丈けで、他には誰も知らなかった。」「本件に関係したのは検事の小山松吉、小原直が少し関係した。予審を始めてから終結まで、八ヶ月位、大審院の特別公判が終わるまで十ヶ月位である。あんな大事件が十ヶ月で済んでいる。」

「あの事件に就いては検事総長は総指揮官であるが、途中チフスに罹ったので私が大審院検事でやった。小林検事正の部屋を本部としてやった。報告を聴くと直ぐ翌日の手筈をせねばならぬ。大事件は総指揮をせねば事件をチャチャポチャにする。大きな事件を各検事が勝手な事をしては洩れる。」

平沼の語るところによれば、この事件は検事総長の指揮の下に秘密裏のうちに進められ、秘密の進行は、司法大臣、内務大臣、警保局長、民刑局事官、大審院板倉松太郎、東京地方裁判所検事正小林芳郎、潮恒太郎予審判事と平沼自身を含め八名によってなされた。この秘密の進行は予審を始めて終結まで八ヶ月位、大審院の特別公判が終わるまで十ヶ月の猛スピードでおこなわれた。

紀州、新宮の大石誠之助については、明治四十三年六月三日、新宮区裁判所判事小島格が、「宮下太吉外六名、刑法第七十三条ノ罪ノ被告事件ニ付、東京地方裁判所予審判事潮恒太郎ノ嘱託ニ因リ」、東京地方裁判所検事高野兵太郎、田辺区裁判所検事田村四郎作立会いのもと、和歌山県新宮町百四十三番地大石誠之助の住宅に出張、同人の立会いを以て家宅内隈なく捜索をおこなった。そして押収品目録を作成した。

押収品目録

番号	種類	員数	押収及び差出人	住所氏名
一、	国家論ト題スル論文	壱冊	東牟婁郡新宮町百四十三	大石誠之助
二、	住所氏名録	壱冊	〃	
三、	発展ト革命ト題スル論文	壱冊	〃	
四、	無表題ノ論文	〃	〃	
五、	無政府社会主義ト題スルモノ	〃	〃	
六、	無政府主義ノ進化ト題スルモノ	〃	〃	

七、　写真　弐枚　〃
八、　書簡　弐通　〃
九、　端書（大石誠之助宛）　拾枚　〃
十、　〃（大石禄亭宛）　拾四枚　〃
十一、　〃（大石ドクトル宛）　七枚　〃
十二、　〃（崎久保誓一宛）　弐枚　〃

この家宅捜索では東京の予審判事の潮恒太郎が指令してきた「皇室ニ関係アリト認ムヘキ事柄ヲ記載セル総テノ文書」、換言すれば刑法第七十三条にふれる書証はなにひとつ発見されなかった。

大石は家宅捜索に立会いながら意味がよくのみこめないまま捜索する人たちを黙って見ていた。自分は刑法第七十三条にふれるようなことをした覚えはない。大石は任意出頭を求められて、新宮警察署で高野検事から取調べをうけた。そこで家宅捜索で押収された新村忠雄の葉書二枚（明治四十二年八月二十一日付）について大石は追及された。大石は答えた。

「お示しの葉書二枚とも新村からのものです。第一信とある分の『先生どうも帰京と決定してから淋しくて淋しくて、そして別れが惜しくてたまらなくなりました。之を以て考えるに母親のそばへは帰らぬ方が革命のためにはいいですね』とあり、また第二信とある分に『考えてみるに新宮の四ヶ月半は嵐の前の静けさともいう可きか。進めばとて止まることは出来ませんね。新宮警察とてこんな風にいつまでか続きましょう。偏えに御注意を願います。戦士は他に何人もあり、疲れたるもの、衰えたるものを慰め励ます唯一の地を失うは最も悲しむべきことです。何卒自重して下さいまし』とあるのをみれば、何か新村から実行することを打ちあけられているようにみえるかもしれませんが、私は決して新村から主義の実行について話を聞いておりません。私の考えるところでは、その葉書の主旨はいままで私方にいる間は主義については何等の伝道もせず、比較的に楽に暮らしておりましたが、東京にゆけば生活にも困るし、あちこちに伝道しなければならぬという意味を書いたものと思います。幸徳方で世話になるにしても、幸徳は貧乏しているのですから、決して楽ではありません」と大石は申しひらきをした。

大逆罪を裏づける証拠にならないので検事は帰宅を許した。大石は翌四日、五日も無事にすごした。しかし、原告側は証拠がないからといってこの事件について大石に対する疑いを解いたのではなかった。原告側はこの二日間、二枚の葉書の内容について頻りに電報の交渉をおこない、新宮では高野検事が関係人を取調べ、東京では検事が新村を取調べ新宮と東京間で訊問を進めていた。その経過において、原告側は大石誠之助が刑法七十三条に触れるこの事件に無関係ではないと判断し、はっきりしたことはまだ判っていなかったが、六月五日の高野検事の電報があり、その報告に基づいて、東京で取り調べた事実関係を綜合して、遂に大石を起訴し、予審判事は電信にて拘引状の発布を嘱託した。

明治四十三年六月五日、大審院検事総長の松室致から新宮の医師大石誠之助に関して「右者本年五月三十一日ヲ以テ起訴シタル被告幸徳伝次郎外六名ノ共犯ニ有之候条、該被告人ト共ニ予審処分有之度、此段及請求候也」という請求書が大審院長の横田国臣に提出された。

この請求にもとづいて、同日、東京地裁判事の潮恒太郎が新宮区裁判事にあてて「新宮町医師大石誠之助ニ対シ刑法第七十三条ノ罪被告事件ニ付拘引状ヲ発シ送致アレ」という嘱託の電報をうった。

五日夜の十二時過ぎ、即ち六日零時五十八分、新宮裁判所で起訴状が発せられた。大石は夜の明けるのを待ちかねたように引き立てられていった。六月六日の早朝、人力車を列ねて三輪崎へ向った。当時、熊野新報の記者であった永広《えひろ》柴雪がゆくりなくドクトルと遭った。その時の様子を『熊野誌』第六号に載せている。

「官憲に依って拉致される日、横町釘貫角の新宮郵便局（現大前陶器店辺り）前で、突然『永広君！』と私の名を呼ぶ声がしたので、ふりかえると、それは大石ドクトル先生で、見れば前の人力車に、和歌山の警察から来ていた西岡警部、中央の車に、黒木綿紋付の羽織を着た先生、後の車には新宮署で大有《おおあり》と呼ばれた有本楠次郎という大男の刑事を乗せたのが一列となり、県道を三輪崎方面へ駈け行くのであった。

『門外先生（熊野新報社長宮本守中）によろしく申して下さい』走る車上から私に対して、この伝言を述べられつつ、早くも腕車は南へ！三輪崎指して過ぎ去ってしまった。恐らくこれが大石ドクトルさんの新宮に於ける最後の声ではなかったのではなかろうか。」

永広氏は同誌でまた次の文を記している。

「ドクトルさんは国家社会主義者で、貧困者の家庭の往診など往診料はもとより、医薬費など請求しないばかりか、内情を知ると反って金品すら恵んでやったので、貧困者、所謂プロレタリア階級では神様のように尊敬されていた。

人力車に乗っても老体の車夫とみれば、登坂、伊佐田のような坂道は下車してやり、居所不明の貧患者宅など車夫と二人で捜し廻っているのを見た人もある。」

大石誠之助は、刑法七十三条に触れるこの事件に「無関係でない」という曖昧な理由で、そして「はっきりしたことはまだ判っていなかった」にもかかわらず警察に引き立てられていき、二度と新宮の地を踏むことはなかった。
六月六日、三輪崎から乗船し、東京に護送され、着京するとすぐ武富検事と潮予審判事の取り調べを受けた。勾留状の発行が同日午後十一時三十分で、夜おそく東京監獄に収容された。

(2) 大審院検事局に設けられた捜査本部首脳の中には、証拠を無視したような乱暴なやり方に反発する空気が、当初検察事務者の中にあった。小原直は『小原直回顧録』の中で次のように述べている。

「小林検事正の方針は、検事がいたずらに、見通しで予審請求をして免訴を出すようなことは厳しく戒め、検事が慎重な捜査を行い、その結果、証拠が整理されたうえで、着実に起訴するという画期的な方式を打ち出し、各検事もこれに倣うようになって四年くらい経った時に、この大逆事件が起きたのである。

この点からいうと、松室総長の幸徳起訴のやり方は旧々刑事訴訟法の母法であるフランスにおける刑事訴訟法のやり方で、小林検事正流と違ったもので、私も小林流に幸徳を十分取調べ、証拠を整え、予審請求してはどうかと思った。」

小原回顧録によると、大逆事件が起きた時には、「慎重な捜査を行い、その結果証拠が整理されたうえで着実に起訴する」という現代の眼からみれば当然のことが、まだ「画期的な方式であり、各検事もこれに倣うようになって四年くらいしか経っていない時期であった。したがって、幸徳等が起訴された時はこの「画期的な方式」はまだ支配的な方式として定着していたのではなく、旧来の方式が支配的であった。松室検事総長、平沼次席検事にとっては、幸徳等の起訴は、当時の刑事訴訟法、即ち旧々刑事訴訟法に触れるものではなく正当なものであった。小原回顧録に次の文章が見える。「幸徳の起訴については、検事総長は本人を取調べないで予審請求することを主張され、予審が済んでから、その見通しが適切であったことを自慢されたことを覚えている。今日の感覚で考えると、ちょっと不思議に思われるかもしれないが、当時の旧々刑事訴訟法のもとでの検察裁判であって、今日のそれとはかなり異なった制度のもとにおける捜査、裁判であることに留意せねばならない。小林検事正の「画期的な方式」はまだ支配的でなく、定着していなかった。松室検事総長の主張は当然のことながら平沼次席検事のそれと同じであった。松室検事総長が、「予審が済んでから、その見通しが適切であったことを自慢された」ことは、自己の見通しが適切であるかどうかを意識している証拠であり、自慢であると同時に安堵の気持ちの現れでもあろう。「合法的である」ことは、人間的価値を認めることを必ずしも保証するものではない。松室検事総長のこの自慢は、自己の見通しに対する懐疑をまだ持つだけの良心のやわらかさをもっている証拠であろう。平沼次席検事はこの良心のやわらかさをもっていたかどうか、これはわからない。

小林検事正については、『小林芳郎翁伝』(望月茂著)という著作の中で数々の小林検事正の教えが記されている。その中に次のものがある。

「翁は、人権を尊重し、これを蹂躪するやうな事は絶對にさけるやうに、部下を諭して居つた。」

「明治四十三年秋、翁は小山(松吉)、武富(濟)兩検事を帯同して名古屋地方裁判所検事局に出張し、大逆事件の連累者を取調べた事があつた。吉益俊次氏は、地元の一検事として、その調査を援助し、其被疑者の父某を召喚し、被疑者の行動を詳細に取調べて居つた。ところが、父某は年己に七十餘歳の老爺なので、答辯が何分にも要領を得なかつた。吉益検事は、夕食をもとらず、熱心に訊問したが、補風捉影、つひに得るところがなかつた。検事は、この次第を翁に報告したところ、翁は忽面色を變じて、そんな老人が今回の事件を知る筈はない。可愛さうに、慰めて、早く歸してやりなさい、そして貴公も早く夕飯をとりたまへと云つて、老人を恤れむの情が惻々として、翁の意中にうごいてゐたのである。」

「検事が無方針に、多數の關係者を一時に召喚したり、何等かの證據物が出るだらうといふ單なる想像の下に、家宅捜索を行つたり、豫審判事が自ら拘留狀を發して置きながら、迅速なる取調をなさず、或は拘留期間の延長するのを氣にも止めず、平然と休暇をとつたりすることは、極度に嫌つて居つた。又検事が起訴しても、結局免訴となつたり、無罪の判決が下つたりする場合は、人權蹂躙の最なるものとして、深く心を痛め、百人の有罪者を逸するよりも、一人の無罪者を罰することは、斷獄者にとつてつゝしまねばならぬ處であると說いた。」

「乃で、翁は豫審を求める前に、十分精密の捜査をなさしめた。」

小林検事正の「画期的な手法」は、「人権の尊重」思想の当然の帰結であった。「合法である」よりも「人権の尊重」を上位におくというのが小林検事正の思想であった。旧々刑事訴訟法に合法であっても「人権尊重」に結びつかないこともあり得る。

実質的な総指揮官である平沼次席検事に対して、小林検事正は実務担当者として養成してきた多数の若手検事を支配下においていた。予断が先行し、見こみ捜査から出発する上層部、守旧派の主観主義と、証拠固めを第一とし、着実な起訴を主張する客観主義、人権主義との対立は、結果的には政治力の強い平沼大審院次席検事の強硬方針に押し切られた。

しかし、小林東京地裁検事正は、「無政府主義者たちが共謀し、爆発物を製造し、過激な行動をなさんとした事件に関係したのは、宮下太吉、新村忠雄、新村善兵衛、管野スガ、新田融、幸徳伝次郎、古河力作の七名に限られる」と確信していた。平沼は、この七名以外にも事件関係者の範囲を拡大していった。大石誠之助はこの拡大された網にとらえられてしまった。

(3) 平沼騏一郎は、予審が終結したので弁護士の花井卓蔵に弁護を依頼した。平沼は語る。

「大逆事件は内容が大事件であるから記録が葛籠にいっぱいあった。普通にやれば弁護士は事件謄写に一年かかる。花井は、何をしているのかと思っていたが『そんなことがあったのか、然し記録が大変で謄写に一年かゝる。無理を言ふな』と言った。『それはよくしてある。潮にすべて無駄を省き最後の被告の陳述によって纏めて呉れるように言ってあり、これ程(一尺位)の嵩になっている』と言った。花井は『そんなものがあるのか、それならやる』と弁護を引受けた。」

弁護士は、謄写に一年位はかゝる分量の記録を潮が指示された判断で一尺位の嵩になるまでにふるいにかけたものを提供された。潮が指示された判断基準の一つに次のものがある。平沼は語る。

「あの事件で私が深く注意したことは、後にみっともない証拠を残したくないと考えたことである。彼等は天皇陛下と云ふ敬語を一切使はない。そこで敬語を使ふ迄説得せよ。敬語を使はぬ聴書は取るなと注意した。」

公判も無事に済んで平沼は言った。「彼等の信念が動機である」と。これに対して花井は言った。「そうでない。官憲が圧迫するのが原因である。之を防止するなら官憲が圧迫せぬようにせねばならぬ」と。平沼はこれに対して言った。「如何に官憲が圧迫したからとて、陛下に危害を加えることは問題にならぬ。然しこれより外に言ひ方はあるまい。今のようにあんな大事件を取扱ったら漏れて纏るかどうかわからぬ。十年位かかるだろう」と。平沼にとって何より重要であるのは天皇であり、平沼の判断、行動原理は天皇であり、天皇に危害を加えることは論外であり決して許されないことであった。平沼の皇室に対する尊崇の念の強さは、天皇機関説反対にも現われている。平沼は語る。

「上杉慎吉と美濃部達吉と大いに議論を闘はせたことがあり、その時は美濃部が勝った。上杉の説は穂積八束の説を祖述したもので、司法省辺でも若い者は、議論は美濃部の方が偉いですね。上杉のザマはありませぬと言ふ。それら若い者に美濃部の何処がいいかと聞くと、若い者は筋がいいと言ふ。これら若い者に一体日本で天皇を機関などと云ふべきか、以後そんなことを言ふべきでない、と叱った。

当時は誰に聞いても天皇機関説がいいと思っていた。山縣公は平沼の意見を聞いて来い、とある学者を使者に寄越してきた。この議論は明白だ。天皇を機関などと唱へるのは乱臣賊子だ、日本の天皇は統治の主体であらせられる。それを機関などと云へば主体ではない。そんな議論は日本では言ふべきでない。」

平沼は皇室尊崇の例として今北洪川について語る。平沼が十八、九歳の時、大学に入った頃のことである。

「当時、鎌倉の圓覚寺に今北洪川がいた。当時五大老と云って、越谿、滴水、峨山、獨圓と洪川があったが、この中で洪川が一番学問があった。」

「私は今北に就いて禅を学んだ。」

「洪川は非常に皇室尊崇であった。禅学をやると平等観を出し皇室を忘れるが、これは乱臣賊子であると言っていた。又神様を尊ばねばならぬと言っていた。

陛下が横須賀鎮守府へ行幸遊ばす為、圓覚寺の門前をお召列車が通過する時には、洪川は正装して門前で履物もはかず土下座していた。何時か雨降り時足袋はだしであった。その時にも、一天万乗の君に拝謁するに履物を履くことがあるかと言はれたことがある。かう云う点は極く正しい人であった。」

(4) 明治四十三年十一月九日判決が下された。

判決書

主文

右幸徳伝次郎外二十五名に対する刑法第七十三条の罪に該当する被告事件審理を遂げ判決すること左の如し

被告幸徳伝次郎、管野スガ、森近運平、宮下太吉、新村忠雄、古河力作、坂本清馬、奥宮健之、大石誠之助、成石平四郎、高木顕明、峰尾節堂、崎久保誓一、成石勘三郎、松尾卯一太、新美卯一郎、佐々木道元、飛松与次郎、内山愚堂、武田九平、岡本頴一郎、三浦安太郎、岡林寅松、小松丑治を各死刑に処し、被告新田融を有期懲役十一年に処し、被告新村善兵衛を有期懲役八年に処す。

差押物件中鉄製小鑵二個、同切包一個、同紙包二個、鉄製小鑵一個、鶏冠石紙包一個、同鑵入一個、調合剤二十三匁、塩酸加里九十二匁は之を没収す。

公訴に関する訴訟費の全部は被告人共之を連帯負担すべし。

没収に係らざる差押物件は各差出人に還付す。

理由

被告幸徳伝次郎は夙《つと》に社会主義を研究して明治三十七年北米合衆国に遊び、深く其地の同主義者と交り、遂に無政府共産主義を奉ずるに至る。その帰朝するや専ら力を同主義の伝播に致し、頗《すこぶ》る同主義者の間に重ぜられて隠然その首領たる観あり。被告管野スガは数年前より社会主義を奉じ、一転して無政府主義に帰するや漸《ようや》く革命思想を懐き、明治四十一年世に所謂《いわゆる》錦輝館赤旗事件に坐して入獄し、無罪の判決を受けたりと雖《いえど》も、かん恚《い》の情禁じ難く心ひそかに報復を期し、一夜その心事を伝次郎に告げ、伝次郎は協力事を挙げんことを約し、且つ夫妻の契《ちぎり》を結ぶ。その他の被告人もまた概ね無政府共産主義をその信条となす者、若しくは之を身上となすに至らざるもその臭味を帯びる者にして、その中伝次郎を崇拝し若しくは之と親交を結ぶ者多きに居る。

明治四十一年六月二十三日錦輝館赤旗事件と称する、官吏抗拒及び治安警察法違反被告事件発生し、数人の同主義者獄に投ぜられ、遂に有罪の判決を受くるや、之を見聞きしたる同主義者往々警察吏の処置と裁判とに平《たいらか》ならず、その報復を図《はか》るべきことを口にする者あり、爾来同主義者反抗の念愈々盛にして、秘密出版の手段に依る過激文書相次で世に出で、当局の警戒注視益々厳密を加うるの已むを得ざるに至る。ここに於いて被告人共の中、深く無政府共産主義に心酔する者、国家の権力を破壊せんと欲せば先《ま》づ元首を除くに若くなしとなし、兇逆を逞《たくまし》うせんと欲し、中道にして兇謀発覚したる顚末は即ち左の如し。

中道にして兇誅発覚したる顚末の文章の中で大石誠之助に関する文章は次の如くである。

「被告大石誠之助は久しく社会主義を研究して後、無政府共産主義を奉じ、明治三十九年上京して幸徳伝次郎と相識り、爾来交情頗る濃なり。被告成石平四郎は明治三十九年頃より誠之助の説を聴き、その所蔵の社会主義に関する新聞雑誌その他の書籍を借覧し、また多少自ら購読して遂に無政府共産主義に入り、被告高木顕明は明治三十九年頃より社会主義に関する新聞雑誌等を読み、誠之助宅に出入りして社会主義者に交わりようやくこれに感染し、被告峰尾節堂は明治四十年頃より社会主義の書を読み、誠之助と交わりて無政府共産主義に入り、被告崎久保誓一は明治四十年四、五月以来誠之助より社会主義に関する新聞雑誌等を借覧し、無政府共産主義に帰し、被告成石勘三郎は弟平四郎の所蔵する社会主義に関する文書を読みて無政府共産主義の趨向《すうこう》にあり、なかんずく平四郎、顕明、節堂、誓一の四人は平生誠之助に親炙《しんしゃ》してその持論を聴き、頗るこれを崇信す。明治四十一年七月伝次郎が新宮町に来訪するや、誠之助はこれを延《ひい》て数日間滞留せしめ、その間平四郎、顕明、節堂、誓一を招集して共に伝次郎より当局の圧迫に対する反抗の必要あることを聴き、また誠之助はその反抗手段について特に伝次郎と議する所あり。数月を越えて被告誠之助は上京して伝次郎及びスガの病状を診察し、伝次郎の余命数年を保つべからざるを知る。ここに於いて十一月十九日東京府北豊多摩郡巣鴨町伝次郎宅に於いて、伝次郎が誠之助及び森近運平に対し、赤旗事件連累者の出獄を待ち、決死の士数十人を募りて富豪を劫掠《こうりゃく》し、貧民に賑恤《しんじゅう》し、諸官衙を焼き、当路の顕官を殺し、進んで宮城に迫り大逆を犯すべき決意あることを告ぐるや、誠之助は賛助の意を表し、帰国して決死の士を募るべきことを約す。同月末帰県の途次京都を経て大阪に出て、武田九平、岡本穎一郎、三浦安太郎等に会見して伝次郎の病況を告げ、且つ逆謀の企図を伝えてその同意を得、帰県の後翌明治四十二年一月に至り、平四郎、顕明、節堂、誓一を自宅、即ち和歌山県東牟婁郡新宮町の居宅に招集して、伝次郎と相図りたる逆謀を告げ、これに同意せんことを求む。平四郎等四人は当時既に皇室の存在は無政府共産主義と相容れざるものと信じ、奮《ふる》て誠之助の議に同意し、一朝その事あるときは各決死の士となりて参加すべき旨を答えたり。被告勘三郎は薬種商にして、かって煙火を製造したることもあるを以て、平四郎は前示逆謀に使用すべき爆裂弾製造の研究を依頼し、勘三郎はその情を知りてこれを諾し、同年四月以来和歌山県東牟婁郡請川村大字耳打の自宅に於いてその研究に従事し、まず所蔵の鶏冠石、塩酸加里を調合して紙に包み、熊野川原に於いて爆発の効力を試みたれども成功せざりしを以て、七月十八日新宿町に行き、当時誠之助方に客食したる平四郎と共にこれを誠之助に告げ、再試験をなさんがため原料の付与を乞う。ここに於いて誠之助は外国にては蜜柑皮に爆薬を装填する例あるを以て、鶏卵殻を用うるも可ならん、またワセリン油を混和して試みよとの注意をなし、塩酸加里三十匁許《ばか》り及び鶏冠石七匁五分許りを給付す。勘三郎これを収受し、次で平四郎のために謝意を表せんがため、一日平四郎と共に誠之助を同町養老館に招請す。忠雄もまた来りてこれに加わり、四人会飲して大逆罪の計画談あり、勘三郎はこれを聴き傍らより行《や》るべしと放言す。その後帰郷に臨み同町畑林薬店より硫黄及びワセリン油各一ポンドを買入れ、また某小間物店にてゴム球《きゅう》三、四個を購入、帰宅の後その四種の薬品を混和してゴム球に填充《てんじゅう》し、再び熊野川原にて試験したけれども成功するに至らず。その後塩酸加里は煙火《はなび》の材料として他人に贈与したり。

これより先同年四月新村忠雄が誠之助方に到りて寄寓するや、誠之助は忠雄の言により宮下太吉が爆裂弾を造りて大逆を犯さんとするの計画あることを知り、越えて八月、忠雄が太吉の依頼により、爆裂弾の原料塩酸加里一ポンドを送付するに当り誠之助はその名をもって畑林薬店よりこれを買入れることを承諾し、その後忠雄は帰京して東京及び明科における伝次郎、スガ、太吉、忠雄等の動静は常に誠之助に通信したりき。忠雄の誠之助方に寄食したるは四月一日より八月二十日に至る。その間平四郎、顕明、節堂は忠雄と交わりて不敬危激の言をもって逆意を煽動せられ、なかんずく平四郎は忠雄と意気相許し、且つ当時事情ありて厭世の念を生じ、忠雄と相約して他の同志者の去就を顧みず挺身して大逆罪を遂行せんことを図りたり、然れども平四郎は幾何ならず帰省して疾に罹り、忠雄も急に帰京したるをもって事遂に止みたり。」

刑法第七十三条の条文は次の通りである。

「天皇、大皇太后、皇太后、皇后、皇太子、又ハ皇太孫ニ対シ危害ヲ加ヘ又ハ加ヘントシタル者ハ死刑ニ処ス。」

この判決がなされた裁判はどんな裁判であったか。この裁判において弁護人として官選された鵜澤總明は言う。

「さて事件の端緒となった『明科事件』について、我々弁護人は、唯検察側の記録を示されたに過ぎなかった。それがどの程度に『有効な爆発物』であるか、如何にして密造されたかを、事実によって詳細に調査する方法がなかった。さらに原告側の主張によれば、この事件に引き続いて検挙された秋水以下二十六名は、今日の言葉で言えば、『共同謀議』によって『大逆』を企画したと言うのであるが、その点についても、我々は多大の疑義をもっていた」と。

「弁護側は検察側の提示された記録を事実によって詳細に調査する方法がなかった。原告側と弁護側が、原告側の提示した記録について議論し、精査、確認する場面が公判においてなかった」と鵜澤は言う。

鵜澤の言葉によると、公判は極めて制限されたものであった。公判で議論が依拠すべき資料が原告側の提示したものに限られていた。公判までこの事件の捜査は大審院検事局首脳の少数にしか知り得る者はいなかった。これはこの首脳の指導的立場にあった平沼自ら語っている。この事件は極秘の捜査後、突然に公判において明るみに出されたのであるから当然のことであった。平沼が花井に弁護を依頼した時に花井は「そんなことがあったのか」とおどろいたことでもこのことは理解される。制限されていたのはそれだけではなかった。弁護側は提示された記録を事実によって詳細に調査する方法を持たなかった。もっと重大な制限は、原告側と弁護側が、たとえ極めて制限されたものであるとは言え原告側が提示した記録について、議論し、精査、確認する場面が公判においてみられなかったことである。公判では、原告側が提示した記録に関してでさえも議論し、精査、確認することがみられなかった。このような極めて制限された公判において公正な判決が下されることが出来るであろうか。十分に想像されることは、公判以前に制限され方向づけられたことが公判において文章化され、朗読されることである。このような公判においては、明らかにされるべきことが明らかにされないであろう。鵜澤の言葉はこのことを示している。「被告幸徳秋水と大石誠之助は友好的関係にあったが『明科事件』の当事者達と彼等との間に、無政府主義者としての同志的つながりがあったと言う證拠は一つもなかった。まして『共同謀議』を立証する根拠は勿論なく、『大逆』の具体的な内容も明示されなかった」と鵜澤の言葉にある。「物的證拠として、原告側から提出されたものは、すべて断片的なものの寄せ集めで『共同謀議』を意味するような、全被告に共通な一貫したものは一つもなかった」と鵜澤の言葉はつづく。原告側が提示した制限された記録に依拠してでさえも、弁護側は「共同謀議」を立證する根拠はなく、「大逆」の具体的な内容も明示されなかったと言い切る。充分な資料に基づき、たっぷりと時間をかけて精査、確認し、議論がなされたならば、積極的根拠に基づいて「共同謀議」の事実も、「大逆」の具体的内容も否定されるであろうことは十二分に推測される。鵜澤は言う。「これに対して我々弁護人側は、思想の是非は兎も角として、被告達の思想自体は、決して暴力革命に発展するものではなく、飽く迄精神的な限界内に止《とど》まるものであり、暴力革命乃至共同謀議の證拠も不充分であるから、法律的には無罪であると言う事を終始主張した」と。にも拘らず、大石誠之助は死刑の判決を受けた。

幸徳伝次郎の弁護人の今村力三郎は「芻言」の中で幸徳伝次郎の弁護を引き受けた経緯について次のように述べている。

「明治四十三年十月二十七日予と花井弁護士とは大審院弁護士室に在り偶々予審判事潮恒太郎氏より面会を求められ両人相携へて潮氏をその予審廷に訪ひしに氏曰く幸徳伝次郎が両君に弁護を依頼したしとの事なるが両君之を承諾せらるべきや否やと予等両人即座に承諾の旨を答へしに潮氏は然らば幸徳を此席に招くべしとて其の旨を書記に命じ暫時にして幸徳は廷丁に伴はれて入り来り且是まで両君には非常にお世話になって随分御迷惑を掛けて居るが夫れに何等酬ゆることも仕ないで今度又御迷惑を願ふことは甚恐縮であるが今度は最後であるから両君で僕の為に死水を取って貰ひたいと最沈痛に依頼の辞を述べ予等両人は舊友の事でもあり直ちに承諾の旨を答へたり幸徳は重ねて今度の事件は僕が平素より親しくせし数人の外多数の青年も加はって居るから迷惑ついでに両君にて夫れ等の青年の弁護もして貰ひたいと云ひ予等両人は夫れも宜しいが多数の被告人中には或は利害や申立の矛盾するものもあらんか果して然らば矛盾せる被告を一人にて弁護する能はざるべしと云ひしに傍より潮氏は私は全被告を調べ各被告の申立を知ってゐるから私が被告を分ちて適当に両君の担当を定むべしと言はれ茲に予と花井弁護士とは潮予審判事の分類せる被告の系統に依り多数被告の弁護を分担せり。」

幸徳は自分のことをよく理解してくれている今村、花井という舊友のこの二人が自分たちの弁護を引き受けてくれたことを、しみじみと有りがたく思った。生きてここから出ることはないと覚悟している今、この両人の顔を見て、声を聞いて一入《ひとしお》安堵の気持ちになった。

今村力三郎は次のように言う。「幸徳事件に在りては幸徳伝次郎、管野スガ、宮下太吉、新村忠雄の四名は事実上に争ひなきも其他の二十名に至りては果して大逆罪の犯意ありしや否やは大なる疑問にして大多数の被告は不敬罪に過ぎざるものと認むるを当れりとせん、予は今日に至るも該判決に心服するものに非ず、殊に裁判所が審理を急ぐこと奔馬の如く一の證人すら許さざりしは予の最も遺憾とする所なり」と。一人の證人すら許されない裁判とは通常は考えられない特殊なものであることが理解される。しかし、法廷そのものは相当自由であったらしい。鶫澤は裁判の様子の一端を伝えている。「裁判は『大逆事件』と言う特殊性から非公開のまま進行されたが、法廷そのものは相当自由なもので、秋水はじめ若い被告まで全員が、問われる儘に堂々と自らの主張を披瀝した。特に秋水の態度は、その烈々たる文風とは全く対比的で、心憎い許りに泰然自若たるものであった。」法廷に居並ぶ面々が秋水のよく通る声に耳を傾けている静寂の場が想像される。鶫澤はこの判決に疑義を抱きながらも次の言葉を忘れてはいない。「といって、『大逆事件』が巷間流説されるように、全く政府の陰謀的な創作であったと断言する資料もない」。「飽くまでも正しい法の判断を求める」鶫澤の精神は無視され得ない。

第三章　大石誠之助の死

（一）　死刑囚二十四名のうち、半数の十二名が恩赦によって無期懲役、残り十二名は絞首台へ、ということになった。大石誠之助は残り十二名の中に入っていた。刑の執行を待つだけである。自分の死は、まもなく確実にやってくる。自分の「今」は、自分をのせて、確実にわかっている自分の死の「時刻」にむかって音もなく、おしもどす如何なる力をも拒否する重い力で近づいていく。誠之助は抗いようもない時間の重量の上で、時間の動きに委ねられた小さな一粒のなにかであった。誠之助は「今」と「その時刻」との時間の距離が縮まる中で、自分の死について考えた。

自分は、その死を病気などの自然現象として迎えようとしているのではない。また、自分の意志によってその死を迎えようとしているのでもない。自分はまだまだ生きたいし、人間的価値を実現し、実りある人生を全うしたい。今、自分に迫ってきている死は、他人が自分に死を課するという仕方でやってくる。しかも、自分にはその死が課せられる理由が理解できないし、死が課せられるべき原因が自分の中にあるとも思えない。他人が自分に死を課する根拠は刑法第七十三条である。

刑法第七十三条　天皇、太皇太后、皇太后、皇后、皇太子又ハ皇太孫ニ對シ危害ヲ加ヘ又ハ加ヘントシタル者ハ死刑ニ処ス。

他人は、自分がこの法律に触れる行為をしたとして死刑の判決を下した。自分は、この法律に触れる行為をした覚えは全くない。天皇陛下を殺めることもない。第一に、自分は、これまで天皇陛下のことを考えたこともなく、天皇陛下とは無縁の生活をしてきた。他人は、何故に自分がこの法律に触れる行為をしたと云うのであろうか。誠之助は裁判の場面や判決の文章について思いめぐらし、考えてみた。

(1) 判決の文書は、主文と理由からなっている。理由は、主文に述べられている判決内容を述べたものである。「理由」の文章を思い出してみた。

幸徳伝次郎が被告の首領として位置づけられ、管野スガ以外は「その他の被告人もまた概ね無政府共産主義をその信条となす者、若しくは之を信条となすに至らざるもその臭味を帯びる者にして、その中伝次郎を崇拝し若しくは之と親交を結ぶ者多きに居る」とある。

自分は、この文章の中では「その他被告人」に含まれていることになる。自分は「主義」を信条とする者ではない。自分は「主義」を否定するのではなく肯定はするが信条とするのではない。自分は「主義」を自分の思想の中に許容する者である、と自認している。それを「肯定する」あるいは「許容する」ことと「信条とする」こととは異なる、と自分は考えている。選挙で、ある政党を支持する投票をすることが、その政党の理念を信条とすることにはならないであろう。自分は、その「主義」を信条として行動し、その「主義」に殉ずるという生き方をしているのではない。自分は社会党を支持し、寄附はしたが社会党員にはならなかった。幸徳伝次郎とは親交を結んでいるが、自分は「主義」とともに生きるという仕方で生きているのではない。従って、自分は主義を信条となす者ではない。若し、大審院検事局首脳と云う「他人」が、先入観なしに、あるいは政治的意図なしに、良心に恥じない理性でもって、この大石誠之助のことを「主義」を「信条とする者」であると理解するならば、その他人は人間理解に未熟と言わざるを得ない。

また「若しくは之を信条となすに至らざるもその臭味を帯びる者にして」という文言に自分はあてはまるとその他人が判断したとするならば、この他人は「死刑」という生きる人間にとって最も重大なことをなんと曖昧な言葉で判断することか。「死刑」は人間の「否定」ではなく人間の「抹殺」である。「否定」は、否定されるべき対象の存在を前提とするが、「抹殺」は対象の存在そのものを認めない。「臭味」を「帯びる」者とは、一体誰がそれを判断するのであろうか。仮に、「味を帯びていない者」が、「臭味を帯びる者」と判断されたとしたならば、それを判断した者に対して「自分が臭味を帯びていない者である」とどうして証明できるのであろうか。科学的、客観的根拠に基づいてそうであるかないかを判断するのはむづかしい。その他人が、その臭味を特に感覚する感受性の強い者であるならば、「臭味を帯びていない」とその他人に証明することは至難のことであり、絶望的である。その上、この法廷では言葉や文章の内容について客観的に精査、確認することは全くおこなわれない。日本で最高である法廷で、従って最高の知性ある人たちがこのような曖昧な言葉によって裁判がなされる。誠之助は言うべき言葉を失った。

(2) 理由の文章には次のようなものもあった。「ここに於いて被告人共の中、深く無政府共産主義に心酔する者、国家の権力を破壊せんと欲せば先ず元首を除くに若くなし。」裁判では「無政府主義」と「国家権力の破壊、元首を除くこと」とが結びつけられて判決がなされている。無政府主義は必ずしも国家権力の破壊と結びつくものではない。この判決の基礎になっている「無政府主義思想」についての検事、判事たちの認識は未熟であり、理解は浅薄で不充分なのではないか、と誠之助は疑った。法廷で秋水が行った無政府主義についての陳述を思いかえした。

「無政府主義の革命といえば直ぐ短銃や爆弾で主権者を狙撃する者の如く解する者が多いの

ですが、それは一般に無政府主義の何たるかを分って居ない為めです。同主義の学説は殆ど東洋の老荘と同様の一種の哲学です。今日の如き権力、武力で強制的に統治する制度が無くなって道徳仁愛を以て結合せる相互扶助共同生活の社会を現出するのが人類社会自然の大勢で、吾人の自由幸福を完くするのには此大勢に従って進歩しなければならないといふに在ります。

随って無政府主義者が圧制を憎み、束縛を厭い、同時に暴力をも排除するのは必然の道理で、世に彼等程自由平和を好む者はありません。彼等の泰斗と目せらるるクラポトキンの如きも、露国の公爵で、今七十歳近い老人で、初め軍人となり後ち科学を研究し、世界第一流の地質学者で、是まで多くの有益な発見をなし、其他哲学文学の諸学に通じないものはない。そして彼の人格は極めて高尚で、性質は極めて温和親切で決して暴力を喜ぶ人ではありません。

またクラポトキンと名を斉しくした佛蘭西の故リゼー・ルクリュスの如きも、地理学の大学者で佛国は彼が如き学者を有するを名誉とし、市会は彼を紀念せんが為めに、巴里の一通路に彼の名を命した位です。彼は殺生を厭ふの甚だしき為め、全然肉食を廃して菜食家となりました。欧米無政府主義者の多くは菜食者です。禽獣をすら殺すに忍びざる者、何ぞ殺人を喜ぶことがありましょうか。

此等首領と目さるる学者のみならず、同主義者を奉ずる労働者は、私の見聞したる処でも他の一般労働者に比すれば読書もし品行もよく酒も煙草も飲まぬ人が多いのです。

成程無政府主義者の中から暗殺者を出したのは事実です。併し夫れは同主義者だから必ず暗殺者たるという訳ではありません。暗殺者の出るのは独り無政府主義のみでなく、国家社会党からも共和党からも、自由民権論者からも愛国者からも沢山出て居ります。顧みて彼の勤王家愛国者を見れば、五十年間に数十人或は数百人を算しています。勤王論愛国思想ほど激烈な暗殺主義はない筈です。

暗殺者の出るのは、其主義の如何に関する者ではなく、其時の特別の事情と其人の特有の気質とが相触れて此行為に立到るのです。例へば、政府が非常な圧制をし、其為めに多数の同志が言論集会出版への権利自由を失へるは勿論、生活の方法すらも奪はれるとか、或は富豪が暴横を極めたる結果、窮身の飢凍悲惨の状見るに忍びざるとかいふが如きに際して、而も到底合法平和の手段をもって之に処するの途なき時、感情熱烈なる青年が暗殺や暴挙に出るのです。是れ彼等に取っては殆ど正当防衛ともいうべきものです。彼の勤王愛国の志士が時の有司の国家を誤らんとするのを見、又は自己等の運動に対する迫害急にして、他に緩和の法なき時、憤慨の極、暗殺の手段に出るのと同様です。彼等元より初めから好んで暗殺を目的とも手段ともするのではなく、皆な自己の気質と時の事情とに駆られて茲に至るのです。」

幸徳秋水は、かって宮下太吉に話した通りに、無政府主義について、法廷のお歴々を前にして滔々と陳述した。皆は陳述がすすむにつれて秋水の声に引きこまれていった。廷内は寂として静まり、秋水の朗々たる声のみが法廷の隅々にまで染み通るようにひろがった。死を覚悟した秋水の声は澄んでいた。秋水の陳述は明快でわかり易かった。誠之助は、居並ぶお歴々が曇りなき心で、純粋理性でもって秋水の陳述を聴いたならば、無政府主義に関する自己の理解が如何に浅薄であったか、或は思想を正確に認識しようとする精神が如何に欠如していたかを自覚したであろう、と思った。この法廷では、無政府主義が、充分な理解も正しい認識も持たない者によって裁かれている、という風景を誠之助は想像した。この法廷では、刑法第七十三条に該当する兇謀が審理されるものと理解しているのに、自分に身に覚えのない兇謀が前面に出されて審理されると云うよりは、無政府主義がまず取りあげられ、兇暴と結びつけられている。誠之助にはこの法廷がそのような風景に見える。まず兇謀と結びつけられて逮捕がなされているならば自分は逮捕されなかったであろうに、逮捕が無政府主義と結びつけられたため、自分は逮捕の網にからめとられた、と誠之助は思った。しかも、正確な無政府主義の認識においてではなく、浅薄な認識によって歪曲された大審院首脳の言う無政府主義の名の下に自分はからめとられ、今は死を待つばかりの身である。これは何という理不尽なことか。大審院という日本最高の司法機関で条理を尽くさずしてどこで日本の条理が保たれるのだろうか、誠之助には日本がつまらない国に見えてきた。大審院の首脳たち、最高の知性をもっている人たち、純粋理性でもって司法の独立を守り、三権分立の立憲精神を汚していないと言えるのであろうか。誠之助は居並ぶ大審院のお歴々のことを思い出した。鶴裁判長と六人の判事は、判決主文の言い渡しが終わった瞬間、アッという間に法廷の外へ姿を消してしまった。少なくともそれは判決に自信をもつ堂々たる裁判官たちの退出であるとは思えなかった。誠之助は思った。「大審院という最高の司法機関は何におびえて司法の独立精神を汚したのだろうか。」

(3) 判決書の理由を述べた部分において自分に関する文章に記述されているどの部分が刑法第七十三条の規定に触れているのであろうか。例えば、「明治四十一年七月伝次郎が新宮に来訪するや、誠之助はこれを延《ひい》て数日間滞留せしめ、その間に平史郎、顕明、節堂、誓一を招集して共に伝次郎より当面の圧迫に対する反抗の必要あることを聴き、また誠之助はその反抗手段について特に伝次郎と議する所あり。」とある。自分は伝次郎といろいろ話はした。何しろ伝次郎は我が家に数日間滞留したのであるから、常に会話する機会はあった。しかし、自分は特段の事柄について、こみ入った話を伝次郎とした記憶はない。話題は多岐にわたっており、その話題の中には「反抗手段」と判決文で云われていることがあったのかもしれない。若しそうであるとすれば、そのことが刑法第七十三条と、どのように関わるのか、法廷で具体的に議論され、精査され、確認され、判断されなければならないし、自らそれを望むところである。法廷は訴えられていることの内容が明らかにされる場であると自分は思っている。この法廷ではそのことは全くおこなわれなかった。この法廷は事柄が明らかにされることを強い意志でもって拒否しているかのような印象を受ける。伝次郎他、二十六名の被告について、約一ヶ月しか公判の時間が許されていなかったのはその意志のためであったのだろうか。そのような短期間で二十六名各被告について議論し、精査し、確認することなど不可能であろうことは自明である。誠之助は、姿は見えないが、それ故に形もわからないが巨大なものの強い意思によって圧迫されているのを感じた。

しかし、「死刑」という「人間抹殺」を判断するにおいてなんと杜撰な審理をするものか。この大審院の審理においては、大審院の首脳たちは「権威」の眼によって「人間」を見て、「人間の眼」によって「人間」を見ていない。そこでは、ある「権威」が傷つき、汚されないことが第一義であり、「人間」はそれより下位におかれる。この法廷では「人間」の審理において杜撰なことは重要ではないのであろう。

（二）　明治四十四年一月二十三日の午後一時、桂内閣の司法大臣、子爵の岡部長職が大臣室に検事総長の松室致をまねいて、大逆事件の死刑囚十二名の死刑執行命令を下した。

松室検事総長は、大審院検事の板倉松太郎を東京監獄に派遣して、木名瀬典獄に命令書を伝達した。獄吏たちは明日の死刑執行のために、急いで仕度にとりかかった。

元来、死刑執行の手続きは、死刑判決が確定すると裁判所の事務責任者から、司法大臣に具申し、司法大臣から内閣に伝達し、総理大臣が天皇に奉上して、裁可をうけたのち、総理大臣から法相に伝達して死刑執行権が確立する。さらに法相が検事局責任者をへて、命令書を典獄に伝達して、死刑執行を実施にうつす、という順序をたどる。死刑判決が確定して三ヶ月前後かかるのが通例とされていた。

今回は何故か、判決後わずか一週間で、幸徳秋水ら十二名の死刑が、大急ぎで執行されることになった。法廷も短期間、刑の執行も大急ぎ、これはどうしたことであろう。

大石誠之助、午後二時二十三分絶命。享年四十五歳。落合火葬場で灰になった大石誠之助の遺骨は、一月二十七日に実姉の井出睦代がうけとって、下宿先の麹町区紀尾井町三番地周防館の一室に安置し、実兄の玉置酉久がたずさえて帰郷した。この無言の帰郷に先立ち、一月二十八日、午後三時・麹町区富士見町六丁目三番地の富士見町教会で遺族慰安会の名目により、事実上、大石誠之助の葬儀がいとなまれた。

案内状は出さなかったが、偶然にも居合わせたもの三十二名であった。遺族席には、玉置酉久、井出睦代と、その長男の井出義行の姿があった。

誠之助は、京都の同志社に入学する以前、長兄の大石余平にともなわれて、大阪西教会でアメリカ人宣教師エーデ・ヘールから受洗していた。次兄の玉置酉久は、長老派に属する新宮キリスト教会献堂者の一人である。実姉の井出睦代は組合教会の牧師であった故人井出義久の夫人で、番町教会の会員であり、東京女学院のバイブル・ウーマンをつとめていた。この日の集会を司会した長老派の富士見町教会牧師の植村正久の夫人である季野が紀州南部の出身で、兄の牧師である山内量平と牧師の大石余平とのあいだに親交があり、クリスチャン家庭同志の人間的結びつきがあった。

この遺族慰安会は、開会中、数名の警官が戸外に控えていたが、その将《まさ》に終ろうとするや、一人の警官が講壇近くに進んできて植村氏に面会を求め、同氏は別室に招き入れた。警官は同氏にその会を禁止するように言ったが、同氏はたくみに警官をあしらいながら、無事に葬式を終了した。そのかわりに政府ににらまれて、植村正久の主宰する『福音新報』が全国の図書館から締め出されてしまった。

二月一日、誠之助の遺骨を携えて、玉置酉久が新宮に帰ってきた。酉久の長男である玉置醒が大工にいいつけて遺骸をのせる木製の輿をつくらせた。木の箱に入った遺骨が到着し、おおぜいの親戚があつまって、お通夜をしていた。真夜中に牧師が半切に書いた祈禱文を読みあげて、読み終わったあと、火をつけ、火鉢の上で燃やしてから、「これで葬式が終わりました」と告げた。みんなが「さあいきましょう」と立ちあがって、熊野街道にそった南谷にある大石家の墓地に向った。道のりは遠く、足どりは重く、墓地に辿り着いたときには夜が白々とあけていた。墓場の土が掘られ、骨は埋められた。本来なれば墓標を建てて、だれだれの墓ということを書くのであるが、それもいけないと警察が言うのでただの棒が立てられた。大石誠之助の遺骨は、二月二日、和歌山県東牟婁郡新宮町大字南谷の共同墓地にある大石家代々の墓地に葬られた。

(三)　石川啄木に「A　LETTER　FROM　PRISON」という一文がある。この一篇の文書は、幸徳秋水等二十六名の無政府共産主義者に関する特別裁判の公判進行中、幸徳が事件の性質及びそれに対する自己の見解を弁明して貰うために彼の担当弁護人である磯部四郎、花井卓蔵、今村力三郎三氏に、明治四十三年十二月十八日、獄中から寄せたものを、啄木が友人であり同事件の弁護人の一人である若い法律家HIから聞いたものを写し取ったものである。

これの最初の写しは、秋水が寒気骨に徹する監房においてこれを書いてから十八日、即ち秋水にとって獄中に迎えた最初の新年、そしてその生涯の最後の新年であった明治四十四年一月四日の夜、或る便宜の下に啄木自ら写し取って置いたもので、当時啄木は東京朝日新聞社の校閲部につとめていた。

幸徳の文書は次の書き出しから始まっている。

「磯部先生、花井、今村両君足下。私共の事件の為めに、澤山な御用を抛ち、貴重な時間を潰し、連日御出廷下さる上に、世間からは定めて乱臣賊子の弁護をするとて種々の迫害も来ることでせう。諸君が内外に於ける總ての労苦と損害と迷惑とを考えれば、實に御気の毒に堪へません。夫れにつけても益々諸君の御侠情を感銘し、厚く御礼申し上げます。

扨て頃来の公判の模様に依りますと『幸徳が暴力革命を起し』云々との言葉が、此多数の被告を出した罪案の骨子の一つとなってゐるにも拘らず、検事調に於ても、予審に於ても、我等無政府主義者が革命に対する見解も、又其運動の性質なども一向に明白になっていなゐで、勝手に憶測され、解釈され、附会されて来た爲めに、餘程事件の真相が誤られはせぬかと危むのです。就いては、一通り其等の点に関する私の考へ及び事実を御参考に供して置きたいと思ひます。」

秋水は、証人を立てることも許されず、大審院検事の作成した記録に基づいてのみおこなわれる審理において勝手に憶測され、解釈され、附会され、真実が明らかにされるのではなく誤って理解されることを恐れた。秋水は獄中から弁護士たちに事件の性質やそれに対する自分の考えを陳述する文を書き弁護士に記さざるを得ない気持ちに駆られた。

秋水は、

無政府主義と暗殺

革命の性質

所謂革命運動

直接行動の意義

一揆暴動と革命

聞取書及調書の杜撰

について陳述の文を草した。

幸徳がこれを書いて数日後、その弁護士の勧めによって、この陳弁書と同一の事を彼自ら公判廷において陳述した、ということを啄木は友人で同事件の弁護人の一人若い法律家から聞いた。秋水のその陳述の姿は弁護人鵜澤總明が「心憎いばかりに泰然自若たるものであった」と述べる美事なものであった。

この事件については新聞報道も規制を受けていたので啄木は大いに疑問をいだき、関心をもっていた。秋水の声は痛切であった。啄木は、当局の首脳たちは真実を明らかにするのではなく秘密のうちに隠蔽しようとしているのではないかと懐疑せざるを得なかった。真相を知らされていない人たちの中には自己の先入観から弁護人たちに迫害を加えようとする者が出るであろうことを秋水は懸念していた。果してその懸念は当った。啄木は言う。「乱臣賊子の弁護をするのは不埒だといふ意味の脅迫的な手紙が二、三の弁護士の許に届いたのは事実である」と。このことについて当の弁護士鵜澤總明も次のように述べている。「大逆事件に対する世間的な反響は、勿論大変なものであった。我々弁護人に対しても、右翼からは『国賊を弁護するとは何事だ』と言う脅迫状が、左翼からは『反動政府にこびて不正な弁護をすると承知しないぞ』と言う脅迫状が、夫々《それぞれ》舞込んで来ると言う有様であった。警視庁でも我々の身辺を案じて護衛までつけて呉れたが、我々の考えでは、弁護と言うものは被告の立場を釈明するものであるが、飽くまで正しい法の判断を求めるものであるから敢えて身の危険を感じなかった」と。

啄木は、右翼からのものであれ、左翼からのものであれ弁護士に対する脅迫的な手紙について言う。「さうしてさういう意見が無智な階級のみでなく、所謂教育ある人士の間にさえ往々にして発見されたのも事實である」と。その例として自分が勤めている新聞社の人間のことを記している。以下の如くである。昼間の人々が皆帰ってしまって、数ある卓子の上に電燈が一時に光を放ってから間もなくの時間があった。予の卓子の周囲には二人の人が集まっていた。一人はマスター・オヴ・アーツの学位を有する外電係で一人は新しく社会部に入った若い法学士であった。外電係はなかなかの学者で、現に帝国大学の講師となり、繁劇な新聞の仕事をしながら社会学及び社会政策の講義をしている。最も得意とするところは国際法学である。

この二人は今度の事件に関して自己の知識をひけらかすような話をし、啄木に相づちを求めたりしもしていた。そこへ、やや離れた卓子にいた記者―その編輯している地方版の一つの大組が遅れた為めに残っていた―が、何を思ったのか、啄木ら三人のところにやってきた。この記者は故落合直文の門下から出て新聞記者になった人で、年の頃三十八、九歳であった。彼は言った。「あゝいふ奴等は早速殺して了はなくちゃ可かん。全部やらなくちゃ可かん。さうしなくちゃ見せしめにならん。一体日本の国体を考えて見ると彼奴等を人並に裁判するといふのが既に恩典だ。……諸君は第一此処が何処だと思ふ。此処は日本国だ。諸君は日本国に居って、日本人だといふことを忘れている。……僕が若し当局者だったら、彼等二十六名を無裁判で死刑にしてやる。さうして彼等の近親六族に対して十年間も公民権を停止してやる。のう、△△君。彼等は無政府主義だから無裁判でやっつけるのが一番可いじゃないか。」と。啄木はこの男に名指されたが何とも返事のしようがなく、ただ苦笑した。国際法学者は、この乱暴な発言に不意をくらって立ち直り、物静かに笑った。そして言った。「しかし日本も文明国なそうだからなあ」と。「さうさ、文明国さ」とその「日本人」は言葉を奪い取るように言った。「しかし、考えて見たまえ。建国の精神を忘れるのが文明なら、僕は文明に用はない。その精神を完全に発揮してこそ真の文明じゃないか。文明、文明といって日本の国体を忘れているような奴は、僕は好かん。第一僕は今度のような事の起った際に、花井だの何だのいふ三百代言共が、その弁護を引き受けるのが可かんと思ふのだ。何処を弁護する。弁護すべき点が一つもないじゃないか。貴様達のような事をする奴を弁護する者は日本に一人もゐないぞといふことを示してやらなくちゃ可かん……」。法学士はコツコツと卓子を叩いてゐた鉛筆を左の胸のポケットに挿して「それあさういふ極端な保守主義の議論も」と言った。「日本といふこの特別の国には無くちゃならんさ。寧ろ大いに必要かもしれん。僕は君のやうに無裁判で死刑にするの、罪を六族に及ぼすのということは賛成しない。すでに法律といふもののある以上は何処までもそれによって処置していかなくちゃならんと思ふが、しかし、日本が特別な国柄だといふことは議論でなくて事実であるし」と。「君は僕の議論を極端な保守主義といふが、何処が極端だ。若し僕の言ふ事が保守主義の議論とすれば、進歩主義の議論とは何か。幸徳伝次郎に同情することか」、「そんな無茶な事を言っては困る、僕はちっとも彼等に同情してゐないさ。欧羅巴でならああいふ運動もそれぞれ或る意義があるけれども、日本でやろうといふのは飛んでもない間違いだからなあ」。弁当屋の小僧が岡持を持って入ってきた。それは予がこの話が初まる前に給仕に誂えさしたものであった。小僧は丼と香の物の皿とを予の前に併べた。予等の話を聞いていた給仕の一人は茶を入れるべく立っていった。国際法学者はこの時、漸くこの不愉快な場所から離れるべき機会を得た。「さうだ、僕も飯を食って来なくちゃならなかった」と言って出かけていった。法学士も大きな呿呻《あくび》を一つして自分の椅子に帰った。

地方版編輯者は自分の椅子に帰らずに、ストオヴの前に進んでいった。「日本人にして日本人たることを忘れとる奴がある」突然かういふ独語が彼の口から聞かれた。それは出ていった人と予に対する漫罵《まんば》であった。啄木は言う。「このような極端に頑迷な思想はごく少数者の頭脳を支配していたにすぎなかった。それはこの事件に対して殆ど何等の国民的憎悪の発表せられなかった事実に見ても明らかである。国民の多数は彼の法学士と同じく決して彼の二十六名に同情してはゐなかった。けれども、而してまた憎悪の感情を持つだけの理由を持ってゐなかった。彼等は實にそれだけ平生から皇室と縁故の薄い生活をしていたのである」と。

少数派と云う意味では幸徳秋水たちの思想も「ごく少数者の頭脳を支配していた」といえよう。幸徳秋水たちの思想は、日本国民全体からみてまだ少数者の頭脳しか支配していなかったであろうからである。しかし、両者の少数者の意味は全く異なっている。

地方版編輯者のような思想の持主は、その思想と通底する思想をもつ多くの人たちの層とともにある。彼の思想の基底には「皇室に対する強い尊崇の念」がある。「皇室に対する強い尊崇の念」は鎌倉の禅僧の今北洪川や大審院検事局次席検事の平沼騏一郎のものでもあり、啄木のいうこの少数者の思想は今北、平沼のそれと通底している。そして、皇室尊崇の念の強さでは今北、平沼に勝るとも劣らぬ山県有朋元老をはじめ多くの要人たちの思想と通底している。この少数者は決して孤立してはいない。むしろ、強力にして有力な、彼等と通底している厚い層とともにある。この少数者は、自分たちのもっている思想の少数性においてではなく、思想の持主の頑迷さが極端であるという意味で少数なのである。そして彼等は、その頑迷さが極端である故をもって社会から排除されることはないであろう。彼等は、久米邦武のように、古代史を神話から切りはなして科学的に明らかにしようとしただけで東大教授の座を追われるようなことはないであろう。古くより「豊葦原の瑞穂の国」と謳われた日本、連綿と続く皇室とともにあった日本、その歴史と同じ時間の長さにおいて心深く沈潜している日本に対する愛着の重さは日本人の心性として存在している。啄木の云うこの少数者はこの日本人の心性と不可分であるという意味で単なる少数者とはいえず、他の日本人から孤立した少数者であるとはいえないであろう。「国民の多数は一様にこの事件を頗る重大な事件と感じていた」と啄木が言うのもこの日本人の心性と結びついて国民は感じているからであろう。

同じ少数者でも幸徳秋水たちの少数者は日本の社会ではまだ孤立している。この少数者たちの思想は科学的認識に基づいている。この思想の基底は理性にある。幸徳秋水の主著『社会主義神髄』は、その依拠する文献は外国の文献であり、科学的認識の論理に導かれて記述されている。日本人の心性とは無縁である。科学的認識方法に基礎をもつという点で久米邦武と同根である。この少数者と通底するのは科学的認識に基礎をおく思想の持主だけである。この少数者たちは、社会主義者というだけで蛇蝎の如く嫌う人たちが多くいたという意味でも孤立していた。

「心性」という非合理性に結びついた思想と「理性」という合理性に結びついた思想とは明

らかに異なっていた。

啄木は、あの頑迷な思想をもつ人間と、多数の国民以外に三つの種類の人間がいたと言う。一つは思想を理解する人々である。彼等はこの事件を決して偶発的なものであるとは考えていなかった。彼等は日本が特別な国柄であるということは、議論ではなくして事実だということを知る上に於て、決して法学士に劣らなかった。ただ、彼等はその事実のどれだけも尊いものでないことを併せ知っていた。

その二は政府当局者である。彼等はその数年間の苦い経験によって思想を弾圧するということの如何に困難であるかを誰よりもよく知っていた。かくて彼等はこの事の起るや、その非道なる思想抑圧手段を国民及び観察者の耳目を聳動《しょうどう》することなくして行ひ得る機会に到着したものとして喜んだ。

その三は時代の推移によって多少の理解を有ってゐる教育ある青年であった。彼等は皆一様にこの事件によってその心に或る深い衝動を感じた。そうしてその或る者は、社会主義乃至無政府主義に対して強い智識的渇望を感ずるようになった。啄木は言う。「予は現に帝国大学の法科の学生の間に、主としてこの事件の影響と認むべき事情の下に一つの秘密の社会主義研究会が起こったことを知っている」と。

この事件によって第二の人間類型、すなわち政府当局者は勢いづき、第三の人間類型、すなわち教育ある青年たちは深い衝動を感じ人間や社会に目覚め始める者も出てきた。

幸徳たちの検挙以来、政府の所謂危険思想撲滅手段があらゆる方面に向かってその黒い手を延ばした。幸徳たちを知り、もしくは文通のあった者、平生から熱心な社会主義者と思われていた者の殆どすべては、あるいは召喚され、あるいは家宅を捜索され、あるいは拘引された。ある学生の如きは、家宅捜索をうけた際に、その日記のただ一ヶ所不敬にわたる文字があったと云うだけで、数ヶ月の間も監獄の飯を食わねばならなかった。そうしてそれらのすべては昼夜角袖が尾行した。社会主義者の著述は、数年前の発行にかかるものにまで遡って、殆ど一時に何十種類となく発売を禁止された。

この事件は従来社会改造の理想を奉じていた人々に対して、最も直接なる影響を与えた。ある者は良心に責められつつ遂に強権に屈し、ある者は何時になく革命的精神を失って他の温和なる手段を考えるようになり、ある者は全くその理想の前途に絶望して人生に対する興味までも失い――幸徳の崇拝者であった一人の青年の長野縣に於て鉄道自殺を遂げたことはその当時の新聞に出ていた――ある者はこの事件によって一層強権と舊思想とに対する憎悪を強めた。

（四）　與謝野寛に「誠之助の死」という詩がある。

大石誠之助は死にました。
いい気味な、
機械に挟まれて死にました。
人の名前に誠之助は沢山ある、
然し、然し、
わたしの友達の誠之助は唯一人。

わたしはもうその誠之助に逢われない、
なんの、構うもんか、
機械に挟まれて死ぬような、
馬鹿な、大馬鹿な、わたしの一人の友達の誠之助。
それでも誠之助は死にました、
おお、死にました。

日本人でなかった誠之助、
立派な気ちがいの誠之助、
有ることか、無いことか、
神様を最初に無視した誠之助、
大逆無道の誠之助。

ほんにまあ、皆さん、いい気味な
その誠之助は死にました。

誠之助と誠之助の一味が死んだので、
忠良な日本人は之から気楽に寝られます。
おめでとう。

また、佐藤春夫にも誠之助の死に関連して「愚者の死」という詩がある。

千九百十一年一月二十三日
大石誠之助は殺されたり。

げに厳粛なる多数者の規約を
裏切る者は殺さるべきかな。

死を賭して遊戯を思い、
民族の歴史を知らず、
日本人ならざる者
愚なる者は殺されたり。

「偽より出でし真実《まこと》なり」と
絞首台上の一語その愚を極む。

われの郷里は紀州新宮。

渠の郷里もわれの町。
聞く、渠が郷里にして、わが郷里なる
紀州新宮の町は恐懼せりと。
うべさかしかる商人《あきうど》の町は歎かん、
—町民は慎めよ。
教師らは国の歴史を更にまた説けよ。

與謝野寛と佐藤春夫は大石誠之助の死を深く悲しみ、誠之助が突然にこの世に居なくなってしまった寂しさを、そして悔しさを詩に托し叫ばざるを得なかった。しかし、耐えがたいほどの苦痛を自由に言葉にすることはできなかった。與謝野も佐藤も啄木の日本人の類型で言えば第一の類型に属するであろう。二人は大石誠之助を葬ったこの事件を決して偶発的なものであるとは思っていなかったであろう。その背後に何かあると感じ、その何かをそれとなく知っていたであろう。この大逆事件は当時にあっては極秘の事件で、一切の報道機関もこれに関しては自由な報道を許されず、裁判にも満足に証人を立たせるでもなく、憲兵と警官との厳戒裡に行われた秘密裁判は、裁判記録を弁護士の手にも残さぬような周密を用意するものであった。しかし、かくすよりは顕わるる、この裁判を不審とし、新思想に対する弾圧に憤を抱いた弁護士の平出修（彼は新詩社同人であった）などは、友人の石川啄木にもらすところがあったらしく、事件の真相は当時から、うすぼんやりながら、一通りは一部に知られていた。しかし、万が一これを口外でもしようものなら、一味の残党として処刑も免れないような情勢に、だれも口をつぐんで知らないふりをしていただけであった。真実を表現する人間の生命の安全が保証されていなかった。二人の詩人は刑死者の大石誠之助の追悼を罵倒のなかにかくす反語法を用いて抑え切れない苦痛を吐露した。

「わたしはもう誠之助に逢われない」

「馬鹿な、大馬鹿な、わたしの一人の友達の誠之助、
それでも誠之助は死にました。
おお、死にました。
日本人で無かった誠之助
立派な気ちがいの誠之助」

誠之助の名を何度も叫ばずにはいられなかった與謝野の心境。そして、言葉を投げつける相手には、

「ほんにまあ、皆さん、いい気味な
その誠之助は死にました。
誠之助と誠之助の一味が死んだので、
忠良な日本人は之から気楽に寝られます。
おめでとう。」

と皮肉な言葉を贈らざるを得なかった與謝野の姿。この詩を読む者に迫ってくる。

沼波教誨師が、死刑執行の二、三日前、大石誠之助の独房を訪問した。そのとき大石誠之助は「世間にはよく『冗談から駒が出る』という諺があるが、今回の事件のごときは、正にその好適例だと思う」と言って、意外の運命に冷笑をもらしていたそうである。佐藤は誠之助の「冗談から駒が出る」という言葉をもじって「偽より出でし真実なり」と言い放った。

大石誠之助はどんな人に対しても心を開き受け入れる人間である。これが人に対して無防備な言動となって現われる。冗談と軽口は日常のことであった。冗談、軽口となって出てきた言葉は、検事調書―それも自分の調書だけでなく、他の被告人の検事調書も含めて―に取りあげ

られ、針小棒大に、拡大歪曲され検察側に記録され、公判に持ち出され、弁護側はその記録を事実によって詳細に調査し確認する機会が与えられないまま審理がなされ大審院の判事の真実となった。そこでは言葉は真実を表現するものではなく隠蔽するものとしてはたらいた。佐藤はこのことを「偽りより出でし真実なり」と言い放った。人に対して無防備で自由人であった大石誠之助は「愚なる者」である。同じ郷里新宮の敬すべき大石誠之助は「この真実」によって殺された。年若き詩人、佐藤春夫は、官憲の不正に対して憤りを禁じ得ず詩作をもって、しかし、反語的表現をもって言い放った。

まだまだ生きて人間的価値を実現したであろう同郷の先輩、知の巨人であった大石誠之助を「偽より出でし真実」によってこの世から葬った官憲を何としても許容できなかった佐藤の声が聞こえてくる。

大逆事件の真実は、いずれ歴史の中で明るみに出るであろう。大逆事件に関わった大審院の判事、検事たち、さかしらな忠誠心に導かれた彼等の行為が、歴史の審判に耐え得るものであるかどうか。彼等の行為が純粋理性という鏡に映された時、どんな姿となって現われるか。彼等は、純粋理性というその鏡の中に現れる自分の姿を見てどんな感懐をいだくであろうか。既に仏となっている彼等は何と思うであろうか。

主要参考文献

一、神崎清　『革命伝説』㈠〜㈣　芳賀書店　一九六八年〜六九年
二、森長永三郎　『禄亭大石誠之助』　岩波書店　一九七七年
三、塩田庄兵衛　渡辺順三編　『秘録大逆事件』上下　春秋社　一九五九年
四、平沼騏一郎『平沼騏一郎回顧録』　学陽書房　一九五五年
五、濱畑榮造『大石誠之助小伝』　荒尾成文堂　一九七二年
六、望月茂　『少年芳郎翁伝』　喜誠社　一九四〇年
七、小原直　『小原直回顧録』　中公文庫　一九八六年
八、石川啄木　「日本無政府主義者陰謀事件経過及附帯現象」『啄木全集』第四巻　岩波書店　一九六七年
九、幸徳秋水　「社会主義神髄」『幸徳秋水全集』第四巻　幸徳秋水全集編集委員会　明治文献資料刊行会　一九八二年
十、幸徳秋水　「獄中から三弁護人宛の陳辯書」『幸徳秋水全集』第六巻　幸徳秋水全集編集委員会　明治文献資料刊行会　一九八二年
十一、今村力三郎　「芻言」『幸徳秋水全集』別巻一　幸徳秋水全集編集委員会　明治文献資

料刊行会　一九八二年
十二、大田黒英記「森近運平」『幸徳秋水全集』別巻一　幸徳秋水全集編集委員会　明治文献資料刊行会　一九八二年
十三、鵜澤總明「大逆事件を憶ふ」『幸徳秋水全集』別巻一　幸徳秋水全集編集委員会　明治文献資料刊行会　一九八二年

あとがき

私が「大石誠之助」の名を知ったのは、伊藤整著『日本文壇史』においてであった。紀州は新宮に住む一医師大石誠之助は、大逆事件において死刑に処された者の中にあった。大都会から遠く離れた、文通不便な地、新宮に住む一介の医師、大石誠之助が何故に大逆事件に関わりをもった者として名が挙がったのであろうか。このことは、私にとって不思議な事柄として、そして記憶から消えずに残った。私には医師と大逆事件とは結びつかなかった。大逆事件と医師と結びつく人物である大石誠之助とはどんな人間なのであろうか。大石誠之助は、私にとって忘れ難い人物として私の心の奥深いところに沈潜していった。

私は、在職中、経営学の研究に時間を傾注していた。経営学の研究と学生に向けての講義が私の職務であり、それでもって報酬を得ていたからである。私は、大石誠之助への関心を心の奥に封じ込めた。定年退職をもってこの職務から解放され、学問から退いた。学問に傾注していた時間から解放されて、たっぷりとした時間を学問以外の営みに割く時間を得た。ようやく私は、心の奥に封じ込めていた大石誠之助に対する関心に、光をあてる機会を得た。

私は、大石誠之助の人物像に迫る心につきうごかされ、大石誠之助に接近していった。私は、一介の人物、大石誠之助に出会うことができた心持になった。紀州には、南方熊楠という知の巨人の在ることは知っていたが、大石誠之助は、南方熊楠と並ぶ人物として今や私の心の中に在る。

自由人大石誠之助、自らの存在を、自ら理解できない、「国家」という他者の意思によって奪われ、四十五歳という短い生涯を終えた。余人の想像を超える大石誠之助の無念を思う。

平成二十七年七月

面地　豊

文中、歴史的記述において、現在使われていない不適切な言葉があるかもしれない。不適切な言葉は使わないよう注意したが、注意からもれているものがあるかもしれない。それは私の不注意によるものであり、それが発見されれば直ちに改めるつもりである。尚、引用文中においては、引用した原文を尊重しそのままにしておいた。

【著者紹介】
面地　豊（おもじ・ゆたか）
1935年、愛媛県に生まれる。
愛媛県立南宇和高等学校卒業。
大阪府立大学経済学部卒業。
神戸大学大学院経営学研究科博士課程修了。
元桃山学院大学経営学部教授、経営学博士。

〈著書〉『頭ヶ島教会』（文芸社）。

小説《しょうせつ》 大石誠之助《おおいしせいのすけ》

2015年 8 月10日　　第 1 版第 1 刷

著　者　面地　豊
発行者　嶝　牧夫
発行所　株式会社朱鷺書房
大阪市東淀川区西淡路1-1-9（〒533-0031）
電話 06-6323-3297　Fax 06-6323-3340
振替 00980-1-3699
印刷所　尼崎印刷株式会社

ISBN978-4-88602-926-3 C0093　2015
ホームページ http://www.tokishobo.co.jp